文春文庫

精選女性随筆集　向田邦子

小池真理子選

文藝春秋

目次

第一部

一九七四〜七七年

第二部

一九七八〜七九年

第三部　一九八〇〜八一年

精選女性随筆集

向田邦子

昭和53（1978）年頃

向田邦子

（1929-1981）

ふいに緞帳《どんちょう》が下りて

小池真理子

向田邦子は私にとって長い間、作家である以前にすぐれた脚本家であった。彼女が手がけた幾多のテレビドラマと共に、私の二十代があったと言っても過言ではない。

一九七〇年代に一世を風靡《ふうび》した人気テレビドラマ、『時間ですよ』や『寺内貫太郎一家』には、「家族の絆」「家庭のぬくもり」といった、作られたような偽善的ニュアンスはまるでなかった。にもかかわらず、そこには人間の、気取ることのない真の温かさが描かれていて、笑いあり、涙ありの人間模様のすべてに、思わず目が離せなくなったものだった。

あの時代、どこの家にもあった、家族が集う狭い茶の間。座り心地はよくないが、いとおしいような生活のしみが無数にこびりついている、うすい座布団。色褪《あ》せた畳の上に、味噌汁の鍋やお櫃《ひつ》をじかに並べて、母親役の森光子や加藤治子らが、お椀に味噌汁を注いだり、茶碗にごはんをよそったりしている。家族が銘々、賑やかに何かしゃべり続けている。縁側の向こうには、庭木が植えられた小さな庭が見えている。そんなシーンは、今も鮮やかになつかしく甦らせることができる。

その向田邦子の突然の死を知ったのは、一九八一年八月。夏の盛りの暑い日の午後だった。仕事の打ち合わせのため、私は新宿の高層ホテル一階にある広々としたラウンジに出向いた。

対面する形で座っていたのが男性編集者であったことと、その人が私よりもかなり年上の、大柄な方だったことだけはおぼろげな記憶に残っているが、それがどこの誰で、何の仕事の打ち合わせだったのかは覚えていない。

打ち合わせの途中、その男性編集者が中座して、電話をかけに行った。携帯電話などなかった時代のことだ。ラウンジの外のロビーにあった公衆電話を使い、どこかに電話をかけている彼の後ろ姿が遠くに見えた。

ややあって、彼は電話を終え、ラウンジにもどって来た。先ほどとはうって変わった青ざめたような形相《ぎょうそう》になり、こちらに向かって来る歩調が速くなっていたのが妙だった。

彼は私の目の前の席に腰をおろすなり、やおら「大変ですよ」と声をおとして言った。

「今、うちの編集部はてんやわんやです。台湾で飛行機が墜落したそうですよ。乗員乗客が全員、死亡したのは間違いないみたいなんですが、なんとまあ、向田邦子さんがね、その中にいたらしくて……」

向田邦子が台湾に取材旅行に出かけ、台北発高雄行きの飛行機に搭乗して、不運にも墜落事故に巻き込まれた、という話だった。私は思わず息をのんだ。

拙《つたな》いエッセイ集を世に出し、ぽつぽつと原稿を書いて暮らしていたものの、私はまだ二十八歳の小娘に過ぎなかった。一方、向田邦子は当時、人気ドラマの脚本家としてのみならず、直木賞を受賞し（その事故のちょうど一年前に受賞している）、知名度といい、才能といい、一気に花開いた感のある、華やかきわまりない時期にあった。

そうした著名な作家と私との間に、接点などあろうはずもない。向田邦子と親しい知人や編集者も、周囲にはひとりとしていなかった。

何ひとつ、向田邦子と私とを結びつけるものはなかったというのに、向田邦子という人に対して、私はいつもふしぎな時代のつながりを感じていた。あの、大好きだった人気テレビドラマがそうさせたのか。それとも、雑誌などでよく見かけていた向田邦子の文章に惹かれていたからなのか。あるいは写真で見る向田邦子がたいそうチャーミングな人で、落ちついた大人の雰囲気を漂わせ、自分も本物の大人になったらあんなふうになりたいとひそかに思っていたからなのか。よく知りもしない、文字通り遠い人であったにもかかわらず、向田邦子の突然の訃報に、私は自分でも信じられないほど強い衝撃を受けた。

天井の高いラウンジのガラス越しに、夏の光があふれている街並みが見えた。ラウンジにいる人々は、穏やかに談笑していて、誰もが向田邦子の死とはもっとも遠いところにいるような気がした。

「恐ろしいですよ。助かるわけ、ないですよ。だって……」とその編集者は怯《おび》えたような面持《おもも》ちで、いっそう声をひそめて言った。

「……機体が急に、空中分解しちゃったそうだから。山中に墜落したのは、その後だった、っていうんだから」

その時、私は唐突に、三島由紀夫の自殺の一報を耳にした時のことを思い出した。向田邦子は自殺したわけではない。自殺どころか彼女は、これでもかと才能を発揮し、人々に愛されながら、休む間もなく仕事をこなしながら、華やいだ人生を生きている真っ最中だった。

だが、訃報に接して感じた衝撃という意味で言ったら、三島の死と向田邦子の死は、私の中に限りなく似通った感覚を引き起こした。

双方の死に方に、愛読者の一人として、なんともやりきれないような凄絶さを感じたのだ。きらびやかな美しい舞台を鑑賞している時に、いきなり何の予告もなく黒い緞帳が下ろされ、あたりが暗転してしまった時のような、虚を衝《つ》かれた悲しみ……とでも言えばいいのか。

あの夏の日の、午後の風景と向田邦子の死は、私の中でワンセットになって眠っている。その記憶の中の映像には色がついていないのだが、どういうわけか、ガラスの向こうの夏の光だけが、木漏れ日を映しながら美しい金色に輝いていて、それは今も、向田邦子という作家のイメージと重なるのである。

向田邦子の書いたものにはすべて、「人間くささ」がある。「人間らしさ」ではない。あくまでも「くささ」である。

大仰なことはひとつも書かれていない。書かれているのは身の回りのこと、誰もが経験すること、思いあたること、身に覚えがあることばかりだ。そうそう、そうなのよね、わかるわかる……といったあの感覚である。

何かについて賢《さか》しげに論じてみせるような文章を、この作家は決して書こうとしなかった。理屈をこねまわしたり、読む側に教養や知識を求めたりすることも一切、なかった。難解なことばは悉《ことごと》く排され、文章はあっさりと無駄がないのだが、それはいつだって温かなぬくもりに満ちてもいた。

私は中でも、向田邦子が自身の父親について書いた話、幼いころの家庭生活、およびその周辺の話が好きだ。本書の中でいえば、「ごはん」「子供たちの夜」「父の詫び状」……あたりだろうか。四十年も前のエピソードが、ユーモラスな、しみじみと切ない短編映画のようになって立ち上がってくる。装飾の少ない切れ味のいい文章で、過剰な感情を排し、きびきびと紡がれているというのに、そこに漂うにおいや音、空気の流れ、微細な心の動きまで感じとることができるのは、いったいどうしたことだろう。

動物について書かれたものもいい。犬や猫はもちろん、本書には小鳥やライオン、果てはマムシについて書かれたエッセイも収録した。理屈抜きに生き物を愛し、かといって干渉や束縛はせず、あるがままの姿を愛《め》でていた人だった、ということがつくづく伝わってくる。

そもそも持論を展開したり、自意識を見せびらかしたりするために文章を書いたひとではなかった。自分のまなざしそのものが書きたかった人なのだろうと思う。彼女の関心のありどころは常に、生きて衰えて死んでいく生き物に対してだけだった。

私たちは向田邦子の文章を読んで、人間のにおいを嗅ぎとる。どのページをめくっても、私たちは人間が等しくもっている、愛すべき人間くささを目《ま》の当たりにして、どういうわけか、深く安堵するのである。

最後まで市井《しせい》の人として生きたこの作家のやわらかなまなざしに触れていると、時に淡い悲しみにも似たものがこみあげてくる。吹き出してしまうほど可笑《おか》しい話、楽しい話を読んでいても、やっぱり同じである。

その、悲しみに似たものは、やがて胸の奥底に音もなく落ちて消えていくのだが、それはこの人が表現者として頂点をきわめているさなかに、ふいにかき消えるようにいなくなってしまったことと、決して無関係ではないように思う。

第一部　一九七四～七七年

テレビドラマの茶の間

「テレビドラマのお茶の間って、ほんものよりずっとせまくて汚ないのね」

「寺内貫太郎一家」のスタジオを見学した私の友人の娘さんは、びっくりしたような顔をしてこういった。

おっしゃる通りである。「寺内貫太郎一家」の茶の間は、せいぜい四畳半そこそこ。すすぼけたタタミに、塗りのよくない食卓が一つ。小だんすに食器棚。それも、安ものである。あとは小さな電話台に一輪差し。今どきこんな殺風景《さっぷうけい》な茶の間はまずないだろう。

ところが、ここに、小林亜星サン扮する貫太郎が坐り、加藤治子サンの里子サンがならんで、周平こと、西城秀樹クンがぶっとばされる。お馴染みきん婆さんこと、*悠木《ゆうき》千帆《ちほ》サンが入り乱れると、皆さまお馴染みの「貫太郎一家」の茶の間になってしまうのである。

考えてみると、私は十年前の「七人の孫」に始まって、「きんきらきん」「時間ですよ」「だいこんの花」「じゃがいも」など、随分沢山のホームドラマを書いてきた。そして、いま気がついたことは、皆さんに多少なりともおほめにあずかったドラマの茶の間は、申し合せたように、せまくて小汚ない日本式のタタミの部屋だったということである。

ひと頃はやった、小坂明子さんという若い方の作詞作曲の歌で、「あなた」というのがあった。その中で、将来「あなた」と住みたいと夢みている理想のうちがでてくる。記憶に間違いがあったらお詫びするけれども、たしか赤い屋根、青い芝生の白い家で、居間には暖炉があり、「私」はロッキング・チェアかなにかでレースを編んでいるのではなかったろうか。

いかにも若い、無垢《むく》なお嬢さんの考えるスイートホームらしくて、あのひたむきな歌いかたと相まって、私も好きな歌だったけれど、これをそのままセットにしてテレビドラマを書いたら、多分、失敗するに違いない。

よっぽどうまい設定で、人間臭い役者がやらない限り、何となくコマーシャルフィルムじみて、切実な感じが少ない。泣いても笑っても絵空事《えそらごと》になってしまいそうな気がするのだ。

だから、私は新しいドラマの企画をつくるとき、まず、茶の間はなるべくせまく、汚ないタタミの部屋にする。間違っても皆さんが憧れるような、ステキな家具は絶対に入れない。カーテンも、インテリアの雑誌から抜いたようなモダンなデザインはやめて、あるのかないのかわからないようなねぼけた色にしていただく。ピアノやフランス人形、タレントさんの応接間にあるような大きな縫いぐるみもカンベンしていただく。そして、洋服ダンスの上には古い洋服箱を天井まで積み上げて、箱の横側には、「父、夏、背広」とかなんとか書く。ザブトンも、いま、フトン屋さんから届きました、というのはしまっていただいて、センベイブトンそのままの、小さくて、お尻の下にオナラの匂いのしみこんだようなのをそろえていただく。

セットがそんなあんばいだから、その中で演技をする役者さんも、モード雑誌から抜け出したようなガウンや小紋の着物では、なりとセリフがトンチンカンになるのであって、せいぜいカスリの着物かGパン。お父さんはステテコやどてらがよろしい。要するに、決して、理想の家、夢の茶の間にしないことが、愛されるテレビドラマの茶の間になるコツなのである。

考えればフシギなことである。

こんなにマイホームが叫ばれているのに、ごく手近かに夢の叶えられるテレビのホームドラマの茶の間に、その実現をのぞまないのはなぜなのだろう。

もし、あなたに一億円差し上げて、理想のマイホームをつくっていただくとする。

まっ白のリビング・ルーム。モダーンなダイニング・キッチン。きっとそういうのをおつくりになるだろう。しかし、一年たち、二年たつ。あなたは、本当にそこに安らぎをお感じになるだろうか。

汚れやすい白い壁。何かこぼすとすぐシミになるフカフカの淡色のジュウタン。いつも正式晩餐会《ばんさんかい》のように、背スジをまっすぐにしないと納まりの悪いダイニング・セット。あなたは、少々くたびれてこないだろうか。

足の裏が汚れていても、気にならない、少しいたんだタタミにあぐらをかいて、足の爪を切る楽しみ。鼻クソをほじって、チャブ台の裏にこすりつけるひそかなよろこび。手をのばせば、耳カキでも栓ヌキでもすぐに出せるせまい茶の間。そして、ひざのぬけたGパンと着馴れた去年のセーター。ついでにいえば、欠点だらけでお互いあきているのだけれど、気のおけないだけいいや、といったわが家族。どうみても美男でも美女でもない、同じような形の悪い鼻と小さな目……。

小汚ないせまい茶の間は、そういう気楽な人生の休息時として、一番ふさわしいのではないだろうか。

＊一八ページ。一九七七年、樹木希林に改名。（二〇一八年歿）（編集部注）

寺内貫太郎の母

寺内きん。

明治三十七年新潟に生れる。高等小学校卒業後十七歳で上京。東京谷中の石屋「石貫」に女中として住み込む。三歳年長の跡取り息子二代目寺内貫太郎と恋愛。すったもんだのあげく、結婚、嫁の座にすわる。きびしい姑のしごきに耐えながら、長男貫太郎（現、石貫の主人）を生む。姑を見送り、十五年前には夫にも死別。

しかし、七十歳の現在、心身共に実に壮健。長男貫太郎、嫁の里子、孫の静江、周平、手伝いのミヨ子に囲まれて、週一回（？）大立廻りを楽しみながら、いとも元気に暮しているーー。

お断りしておくが、これは実在の人物ではない。私が脚本を書いている「寺内貫太郎一家」というテレビドラマの主人公である。毎週一回、一時間だけ茶の間へ登場するこの「寺内きん」なる老女は、演ずる悠木千帆の絶妙な演技と相まって、不思議な人気をよんでいるらしい。彼女が、沢田研二のポスターの前で「ジュリー！」と身をよじって絶叫する場面を模した人形まで売り出されるという騒ぎに、生みの母は、ただ唖然《あぜん》とするばかりである。

大体、何のなにがしの母として登場するからには、障子の切りばりをして節約を教えるとか、志半ばにしてうちへ帰ってきた息子を、戸を閉めて家へ入れずに追い返すとか、世の鑑《かがみ》になるようなことをしでかすのが常であるけれども、この寺内貫太郎の母は正反対。世間様に賞《ほ》めていただくようなことはなにひとつしていない。それどころか、良識ある家庭なら眉をひそめるような行状が彼女の毎日なのである。

なにせ趣味はいやがらせといたずらなのだ。食事の時に、「そんなに噛んでると、口の中でごはんがウンコになっちまうよ」などと言う。家族一同の辟易する顔を見るのが、きんさん何よりの食欲増進剤であるらしい。わざと小汚い食べかたをして、隣席の孫から「ばあちゃん、きったねえなあ、もう！」と小突《こづ》かれると、「なんだよ、寺内！」と小突き返す。「ホラホラ、こないだまでおしっこチビってたのが一丁前の口利いて、まあ」と負けていない。デブで短気で、情は厚いのだが、不器用な息子をからかい、嫁をイビり、孫と対等にケンカし、お手伝いをいじめる。

お洒落なくせに、わざと汚い「なり」をする。指を切り落した手袋と、ブルー・グレイのエプロンとモンペがこの人のトレード・マークだが、これも、一朝事《いっちょうこと》あるときのいたずらとけんかに便利なせいらしい。

なにかというと、「みんなで年寄りをいじめるのよ」と哀れっぽく持ちかけてはブウたれているけれど、その手に乗ると、向うズネをかっぱらわれるのが落ちで、よく食べよく眠り、百まで生きる元気である。助平で欲ばりで、ズルくて、嘘つきで、そのくせ、ひがみっぽくて、いつでも一番愛されていたくて、よく笑いよく泣き、おまけに好奇心は人の三倍持ち合わせている——まあ、そんなところが、寺内きんの履歴書と横顔なのである。


おきん婆さんとならんでこのドラマの主役である寺内貫太郎は、私の父がモデルである。といっても、怒りっぽくよく殴る、という性格の一部を借りただけなのだが、一応そういうことになっている。そのせいか、おきんばあさんも、モデルは作者の身内ではないのか、という質問をよく頂く。

モデルは、私の中にあるさまざまな「おばあさんコンプレックス（複合体）」である。

四分の一は、私の祖母、向田きんである。

石川県能登の出身で、キチンとした家に生まれた人だったらしいが、私生児を生んで男と離別。この私生児が私の父である。当時の女としては長身で美しい人であったと思う。父なし子を生んだことで親戚から村八分の目にあいながら、女手ひとつで、母と息子の面倒を見、もう一人、男の子を生み、別の男と恋愛沙汰まで起したらしい。私が物心ついたときは、すでに老境に入って、普通のおばあさんになっていたが、それでも、「やったことは、仕方ないじゃないか」と、居直っているしたたかさと、愚痴をこぼさない固さを持っていた。扶養はしたが、祖母の素行を許さなかった父は、死ぬまでやさしいことばをかけることはなかったし、祖母も期待はしていなかったろう。幼いころ、同じ部屋に寝起きした私は、夜中に、仏壇に向って経文を唱える祖母の、女にしてはいかつく張った肉のそげた肩を、夢うつつに見た記憶がある。子ども心にも、哀れだな、と思った。しかし、昼間は、やや暗いが動作はキビキビとして、よく働いていた。狭心症で亡くなったが、最後まで一度も痛い苦しいと弱音を吐かなかったそうな。

寺内きんの背骨のあたりには、この向田きんがいる。

四分の一のモデルは、母方の祖母、岡野みよである。

千葉の生れ。裕福な商家に生れ、上州屋という建具師に嫁いで、一時は羽振りもよかったが、夫が好人物だったために、人の借金を背負って左前となり、後半生は、お金と縁のない暮しとなった。美人とは言いかねるご面相の持主であったが、私はこの人ほど「口の悪い女」に逢ったことがない。人の悪口を言う天才なのである。一瞬のうちに相手の弱点を見抜き、しかも相手が一番嫌がるボキャブラリーを駆使してズバリと言ってのける。見ている分には小気味がいいのだが、言われる相手はたまったものではない。

カンが鋭くて料理が上手だった。毒舌を、貧乏暮しをはね返すエネルギーにしながら、気の弱い亭主の尻をひっぱたき、身を粉にして働いて三男二女を育て上げた。一緒に住んでは随分とハタ迷惑なところもあった人だが、この人の不撓不屈《ふとうふくつ》の精神と、オリジナリティに富んだ人間観察力と毒舌は、「寺内きん」の母体になっている。このモデルも十年前に故人になっている。生きていたら、私のドラマにどういう毒舌を浴びせたことか——楽しみが一つ減ったわけである。

さて、残りは、私のみたさまざまな「おばあさん像」である。

十五年ほど前に、ホテルのダイニング・ルームで、アメリカ人の老人ばかりの観光客の集団に出逢ったことがある。このグループはどういうわけか、おばあさんばかりだったが、濃いメークアップ、ジャラジャラとブラ下げたアクセサリー、派手な身なりは、日本の枯れたおばあさんを見馴れた目には、おどろきであった。

しかも、この西洋おばあさんたちのオーダーのやかましいこと。肉の焼き方、ドレッシングの配合。あたし、お砂糖はダメなのよ——エトセトラ、エトセトラ。青い目玉でヒタと給仕を見つめ、相手が納得するまでしつこく繰り返すのである。「面倒くさいから、みんな親子ドンブリにしましょうよ」なんて、日本のおばあさんみたいなことは一人としておっしゃらないのである。ノウ、という単語の多さと、どんな小さいことでも絶対にあきらめないエネルギーに半ばうんざり、半ば感心しながら食事をしたが、こんどの「寺内きん」を書くときにこのときの西洋おばあさんの影がチラと横切ったのは事実である。

それと対照的なのが、皇居清掃隊のオバサンがたの一団であった。同じようなネズミ色の衣裳に割烹着《かっぽうぎ》。同じ美容院でかけたのではないかと思われるチリチリのパーマの髪に、白粉気《おしろいけ》のない陽《ひ》にやけた顔。

私が見たのは、道ばたに腰をおろして休んでいるときだったが、静かな軍隊のように無表情であった。

もう一つは、カリブ海の島、バルバドス島の教会で見た、五十人ほどの黒人の老女のミサ光景である。この町ではハイソサエティに属する人たちらしく、身なりもよく、申し合わせたように茶系統の帽子と花をつけていた。

暗い静かな威厳のある目で私たちを一瞥《いちべつ》したが、その表情にはあきらめと孤独があったように思う。暑い島だが、その一劃《いっかく》はヒヤリと冷たく、黒い老婦人の集団は半分死んでいるように思われた。

皇居清掃隊とバルバドスの教会の老婦人たちは、たまたま場所が場所だったのかも知れない。わが寺内きんさんだって、白い割烹着を着て皇居へ草むしりに上れば、そしてくたびれて道ばたにペタンとお尻を落せば、あんな目つきになるかも知れないけれど、私はやっぱり、ホテルのダイニングで、給仕に嚙みついていたアメリカおばあさんの陽性と、たくましい自己主張が羨しかった。

モンタージュ写真というのがあるが、日本の七十歳のおばあさんのモンタージュ写真を作るとどんなことになるだろう。

身長一メートル五十。体重五十キロ。白髪、腰がややまがっている。

口は達者だが、耳は都合の悪いことは聞えない。愚痴とテレビが大好き。「寺内貫太郎一家」を見て、ああ、あたしも一ぺんあんなふうにやってみたいもんだねえ、などと言う。文句は言うのだが、さて、自分の意見となるとハッキリ言わない。言ったって出来やしないんだから——と投げている。そのくせ、ひがみっぽい。これから何かを覚えようとか、やらかそう、なんて気は持っていない。もうあたしの人生は終ったようなもんだから——とあきらめている——まあ、こんなところだろう。

仕方がないといえば仕方がないと思う。体もきかず、金もなく、息子夫婦の世話になったり、老人ホームで暮す立場で、何が出来るかといわれれば、私も一言《いちごん》もないのだが、気持の持ち方は、もう少し——という気がする。

私が、寺内きんを、日本の最大公約数のおばあさん像より、オクターブ上げて描いたのも、そこに自分の老後の、理想の姿を託したからである。

寺内きんは、あきらめない。あらゆるものに、敵愾心《てきがいしん》と思えるほどのファイトをもってぶつかってゆく。彼女の敵は自分の中の「老い」である。「老い」が口惜《くや》しくて腹が立って、若い十七のミヨちゃんに八つ当りしたり、嫁をいじめたりして発散させる。愚痴もこぼすし、得だと踏めば哀れみも乞うけれど、退くより攻めるほうが好きなのだ。

寺内きんにとって、人生は、家庭は、「戦い」なのである。家族は時に戦友であり、時に敵である。

「昨日の敵は今日の友
　語る言葉も打ちとけて」

嫁と、「我は讃えつ彼《か》の防備、彼は讃えつ我が武勇」(軍歌・唱歌「水師営の会見」)

——と、嫁姑の戦いを展開し、和解したりする。こういう嫁姑の戦いに関しては、日本のおばあさんたちも、死ぬまで参戦するわけだが、そのほかの戦いとなると、たいがいもう駄目よ、とばかり降参してしまう。

「あたしはトシだから」「面倒くさいことはカンベンして頂戴よ」と人生に対して白旗を上げてしまったが最後、残りの人生は、捕虜と同じである。

国際赤十字法ではないが、人間として、一応の衣食住は保証され、大事にはされようが、それは一人前の戦闘員としてではない。何もしなくてよい、楽でよい代り、何も出来ないのである。

日本人は、枯淡《こたん》の好きな民族である。清貧もお気に入りの言葉である。だから老女といえば、ほどよく肉の落ちた、品のいい小柄な体に切下げ髪。行ないすまして、小食で、身綺麗で、倅《せがれ》や嫁の言うことをハイハイと聞き、信心と日向《ひなた》ぼっこで余生をすごすのが、上等とされていた。

ところが、昨今、日本人も食生活がよくなったせいか、老婦人も体格がよく、気も若い。昔は老人の娯楽といえば温泉にお寺参りしかなかったけれど、今はお稽古ごとから世界一周まで、やってやれないことは何もないのである。

年をとったからといって、どうして、人生を「おりる」必要があるだろう。寺内きんさんではないが、最後まで人生の捕虜にならず、戦い抜くことのほうが素敵なのではないだろうか。

人は、それを老醜《ろうしゅう》というかも知れない。でも、行ないすました寂しい美しさよりも、バタバタと最後まで抵抗する見苦しさのほうに人間らしさを感じてしまう。

私が寺内一家を気にいっているもう一つの理由は、家族全員が、おばあちゃんを「みそっかす」扱いしないということである。

特に倅の貫太郎は、人一倍情の濃い親孝行なくせに、極めてジャケンに親を突っぱなしていることである。「年寄りなんてものは楽をさせるとポックリいっちまうんだ」と、あまり大切にしない。ときにはぶっとばすこともする。ただし、要所要所を「しめて」いるから、親のほうもひがまない。

盛大にやったりやられたりしながら、目を白黒させて一瞬の油断もなく、毎日を送っているのである。七十になっても、現役なのである。生活全般にわたって、手加減されない大変さと、生き甲斐《がい》を、この寺内きんさんは味わっている——そこが、私の好きなところである。

私は、四十四歳。クラスメートに逢うと、白髪染めのハナシが出る。まだ何ともないが、私も、そろそろ老眼鏡をあつらえにゆく年になった。まだまだ遠いと考えていた「老後」の字が、ひとごとではない感じで、目に飛びこんできたりする。スキーだ、ゴルフだ、テレビの脚本だと、騒いでいるうちに、未婚のまま年をとり、今からオヨメに行ったところで、寺内貫太郎の母、きんになるのはちょっと無理のようだ。となると、女一人の老後は、ますますむつかしい。

まあ、今からあわてても仕方がないから、せめて目標だけは見定めておこう。私の十年先、二十年先は——やはり皇居清掃隊は肌に合わない。切下げ髪で、お花をもってお寺参りも、楽しくない。かといって、急にアメリカおばあさんになれるものではないから——私も寺内きんのちょっと下あたりを狙うことにしよう。

美しくなくてもいい、最後まであきらめず、勇猛果敢に生きてやろう。

「生キテ虜囚《りょしゅう》ノ辱《はずかし》メヲ受ケズ」戦陣訓は、これからの私のスローガンなのである。

名附け親

「寺内貫太郎一家」というテレビドラマを書くようになって、一番多く頂いた質問は、主人公の名前の由来であった。

「寺内寿一元帥《ひさいち》と鈴木貫太郎大将から取ったんだな」

年輩の男性のかたはみなそう言われたが、これは当っていない。東京谷中の石屋の話であるし、寺も近いことだから姓は寺内。昔気質《むかしかたぎ》でデブの大男のイメージだから、重たそうな古い度量衡《どりようこう》の貫の字をもってきて、それに太郎をくっつけて——貫太郎。なにひとつ迷わずスンナリと決めた名前である。カンタローという音《おん》も、どこか実直で間が抜けているし、表札や墓文字としても納まりがよさそうで、自分でも気に入っているのだが。

先日、一視聴者だが、と男の声で電話があって、男の子が生れたので、貫太郎と命名しようと思うといわれたのにはびっくりしてしまった。うちには、コラットという種類の猫がいる。あちこちにもらわれて行った五十匹余りの子猫たちの中には、貫太郎と命名されたのも三匹いるが、これは猫である。テレビドラマの主人公の名を、人間サマの子供につけるのはどんなものか、と思ったが、弾んでいる相手の声に、軽はずみにおやめなさいませ、とも言えず、おめでとうございます、とだけで電話を切った。

少しばかり心配になったので、古い占いの本を引っぱり出して、寺内貫太郎の姓名判断をやってみた。字画を数えて運勢を見るのである。それによれば、貫太郎は吉凶表裏の相があるという。生れ持った福運と、豪快な気風で名声を天下にとどろかせる吉運であるが、一歩あやまれば不遇破滅の恐れもあるとなっている。

さもありなんである。気短かで、カッとなると親だろうが女房だろうがぶっとばすあの暴力は、ヘタすると生活破産者になりかねない。それを救っているのは女房里子の内助の功であり、あの家族の温かさであり、ひいては作者の腕なんだ、と安心したりうぬぼれたりしたところで、もう一人、貫太郎の母親寺内きんを引いてみた。

悠木千帆扮するこのおきん婆さんもなかなか人気があるらしい。もっとも、生れた子供にきん、とつけたいと申し出たかたはまだないようだが、とにかく彼女の運勢を占うのも命名者の義務であろう。

寺内きん——十五画

福寿双全の暗示あり。人当りよく——これは当っていない。ドラマのおきん婆さんは、自分に得になると踏めばお愛想もするが、人当りは極めて悪いからだ。まあ当るも八卦《はっけ》、当らぬも八卦、先を見よう。幾分強情なむきがあるが、常識に富むため円満に世をわたり、社会的地位にもめぐまれ、最後の幸福を握る。

子供にも恵まれ家庭運もよい運数だとある。この人物は、日本のお婆さんにしては大胆というか奇矯《ききょう》といおうか、出るの引っこむのという騒ぎも毎度のことなのだが、運勢で見る限りは、息子の貫太郎に死に水を取ってもらって、大往生を遂げるようで、作者としても安心をした次第である。因《ちな》みに、このきんという名前は、私の祖母のを借用した。

どちらかといえば横着なほうだが、それでも二十六回連続のドラマの主人公ともなると、名前には多少苦労をする。雑誌の懸賞当選者発表のページなどを参考に、役のイメージに合っていて、呼び易《やす》く、しかも字画のあまり多くないものを選ぶのである。間違っても黒柳徹子などという書くのに骨の折れる役名はつけないことにしている。

いつぞや、私の家に遊びにみえた客が、紺のガラスの壺に、細長い画用紙を七、八本挿《さ》してあるのを見つけ、何ですかとおっしゃった。答は簡単で、男の役名なのである。私は、男のそれも職人などには、幾つかの好きな名前を持っていて、使い廻すことにしている。

イワ、タメ、サブ、ロク、テツ、ヨネ等々で花代りにこの名前を書いて活《い》けていたのである。ただし、同じサブちゃん、ヨネさんでも、出演して下さる役者さんが決ると、その個性に合せて、本名を考える。「寺内貫太郎一家」でいえば伴淳三郎氏扮する石工のイワさんは、倉島岩次郎であり、左とん平氏のタメ公は榊原為光という按配《あんばい》である。

メモも取らずに筋書も作らずに書くたちなので、名前にまつわる失敗も多い。お手伝いの名前を〝スズコ〟にしたのはいいのだが、前半を印刷所に渡して、昼寝から覚めたら名前を忘れてしまった。たしか北海道名産の海産物だったような気がするなあ……と半分ねぼけた頭で考えて〝タラコ〟にして、ディレクター氏に笑われたこともあった。

気持の底に、名前と人物——という観念があるせいか、タクシーに乗ると必ず運転手さんの名札を拝見する。なるほど、この人物にこの名前か……と感心することも多い。テレビニュースの犯人の名前と写真も興味がある。生れた時は親もよろこび、洋々たる未来を願ってつけたのであろう、立派な名前が、あまり立派とはいいかねる顔の下に、空《むな》しく見えるのも皮肉な眺めである。

今までに随分と沢山のドラマを書き、登場人物たちに名前をつけてきたが、自分の名前をつけたことは一度もない。つけようと思ったこともない。名前など一時の符牒《ふちょう》であると思っているがどこか居心地悪く書きにくそうだからである。

好きな名前、取っておきの名前というものもある。「じゃがいも」というドラマの中の森光子さんの演じる三沢たみ子、などもそうである。この人の演《や》った「おかめひょっとこ」のしま子という名前も好きだった。

ヤボったい名前が好きだから、亜矢子とかマリアとか、若手の歌い手さんのようなしゃれた名前はまずつけない。ブラウン管の上では半年の命だが、年とっても似合う名前を

——と、心のどこかで考えてつけている節《ふし》もあるようだ。

最近では、新番組「山盛り食堂」の、赤沢鯛子という名前が気に入っている。両親がおめでたい一生を送るようにつけたということになっているのだが、テレビドラマ初出演を祝うつもりで、都はるみさんに差し上げた。

彼女も金目鯛のような顔をして、いい名前ですねえと気に入っていたようだが、さて、ドラマの上の出来栄《できば》えはいかがなものだろうか。

＊三四ページ。実際の放送は全三十九回。（編集部注）

字のない葉書

死んだ父は筆まめな人であった。

私が女学校一年で初めて親許を離れた時も、三日にあげず手紙をよこした。当時保険会社の支店長をしていたが、一点一画もおろそかにしない大ぶりの筆で、

「向田邦子殿」

と書かれた表書を初めて見た時は、ひどくびっくりした。父が娘宛の手紙に「殿」を使うのは当然なのだが、つい四、五日前まで、

「おい邦子!」

と呼捨てにされ、「馬鹿野郎!」の罵声や拳骨《げんこつ》は日常のことであったから、突然の変りように、こそばゆいような晴れがましいような気分になったのであろう。

文面も折り目正しい時候の挨拶に始まり、新しい東京の社宅の間取りから、庭の植木の種類まで書いてあった。文中、私を貴女《あなた》と呼び、

「貴女の学力では難しい漢字もあるが、勉強になるからまめに字引きを引くように」という訓戒も添えられていた。

褌《ふんどし》ひとつで家中を歩き廻り、大酒を飲み、癇癪《かんしゃく》を起して母や子供達に手を上げる父の姿はどこにもなく、威厳と愛情に溢れた非の打ち所のない父親がそこにあった。

暴君ではあったが、反面テレ性でもあった父は、他人行儀という形でしか十三歳の娘に手紙が書けなかったのであろう。もしかしたら、日頃気恥しくて演じられない父親を、手紙の中でやってみたのかも知れない。

手紙は一日に二通くることもあり、一学期の別居期間にかなりの数になった。私は輪ゴムで束ね、しばらく保存していたのだが、いつとはなしにどこかへ行ってしまった。父は六十四歳で亡くなったから、この手紙のあと、かれこれ三十年つきあったことになるが、優しい父の姿を見せたのは、この手紙の中だけである。

この手紙も懐しいが、最も心に残るものをと言われれば、父が宛名を書き、妹が「文面」を書いたあの葉書ということになろう。

終戦の年の四月、小学校一年の末の妹が甲府に学童疎開をすることになった。すでに前の年の秋、同じ小学校に通っていた上の妹は疎開をしていたが、下の妹はあまりに幼く不《ふ》憫《びん》だというので、両親が手離さなかったのである。ところが三月十日の東京大空襲で、家こそ焼け残ったものの命からがらの目に逢い、このまま一家全滅するよりは、と心を決めたらしい。

妹の出発が決まると、暗幕を垂らした暗い電灯の下で、母は当時貴重品になっていたキャラコで肌着を縫って名札をつけ、父はおびただしい葉書に几帳面《きちようめん》な筆で自分宛の宛名を書いた。

「元気な日はマルを書いて、毎日一枚ずつポストに入れなさい」

と言ってきかせた。妹は、まだ字が書けなかった。

宛名だけ書かれた嵩高《かさだか》な葉書の束をリュックサックに入れ、雑炊用のドンブリを抱えて、妹は遠足にでもゆくようにはしゃいで出掛けて行った。

一週間ほどで、初めての葉書が着いた。紙いっぱいはみ出すほどの、威勢のいい赤鉛筆の大マルである。付添っていった人のはなしでは、地元婦人会が赤飯やボタ餅を振舞って歓迎して下さったとかで、南瓜《かぼちや》の茎まで食べていた東京に較べれば大マルに違いなかった。

ところが、次の日からマルは急激に小さくなっていった。情ない黒鉛筆の小マルは遂にバツに変った。その頃、少し離れた所に疎開していた上の妹が、下の妹に逢いに行った。

下の妹は、校舎の壁に寄りかかって梅干の種子《たね》をしゃぶっていたが、姉の姿を見ると種子をペッと吐き出して泣いたそうな。

間もなくバツの葉書もこなくなった。三月目《みつき》に母が迎えに行った時、百日咳《ひやくにちぜき》を患っていた妹は、虱《しらみ》だらけの頭で三畳の布団部屋に寝かされていたという。

妹が帰ってくる日、私と弟は家庭菜園の南瓜を全部収穫した。小さいのに手をつけると叱る父も、この日は何も言わなかった。私と弟は、一抱えもある大物から掌《てのひら》にのるウラナリまで、二十数個の南瓜を一列に客間にならべた。これ位しか妹を喜ばせる方法がなかったのだ。

夜遅く、出窓で見張っていた弟が、

「帰ってきたよ!」

と叫んだ。茶の間に坐っていた父は、裸足《はだし》でおもてへ飛び出した。防火用水桶の前で、痩《や》せた妹の肩を抱き、声を上げて泣いた。私は父が、大人の男が声を立てて泣くのを初めて見た。

あれから三十一年。父は亡くなり、妹も当時の父に近い年になった。だが、あの字のない葉書は、誰がどこに仕舞ったのかそれとも失くなったのか、私は一度も見ていない。

魚の目は泪《なみだ》

子供の頃、目刺《めざし》が嫌いだった。

魚が嫌い、鰯《いわし》が嫌いというのではない。魚の目を藁《わら》で突き通すことが恐ろしかった。見ていると目の奥がジーンと痛くなって、とても食べる気持になれなかったのだ。

あれは幾つの時だったのか、七輪で目刺を焼く祖母のそばで、四匹ずつ束ねてある目刺が、兄弟なのだろうか、それとも友達なのだろうかと尋ねたことがある。祖母は、半分焦げた団扇《うちわ》をばたつかせ、これも先の方が黒く焼け焦げた菜箸《さいばし》を使いながら、

「魚は卵から生れるから、親も兄弟もないんだよ」

という。

だが私は、自分が四人姉弟のせいか、四人姉弟の鰯が一緒に捕まって、枕を並べて死んでいるような気がして仕方がない。小さな声でそういったら、

「本の読み過ぎで、神経衰弱じゃないのかい」

けむそうな目をしばつかせながら、私の顔をのぞき込んでそういった。まだノイローゼなどという言葉はなかった頃である。

神経衰弱とは思わなかったが、どうもこのあたりから、「目」というものが気になり出したような気がする。

祖母は能登の人で、親戚に網元がいたせいか、魚のことにくわしく、聞くとよく教えてくれた。胸がつぶれる思いをしたのは、煮干である。

煮干はカタクチイワシの子で、網にかかったのをそのまま浜で炎天干しにするという。陽ざしの強い日に一気に干し上げるとカラリと乾いた上物《じょうもの》になるというのだが、生きながらじりじりと陽に灼《や》かれて死んでゆくカタクチイワシが可哀そうでたまらない。そう思ってよく見ると一匹一匹が苦しそうに、体をよじり、目を虚空《こくう》に向けた無念の形相《ぎょうそう》に見えてくる。断末魔の苦しみか、口を開いてこと切れたのもいる。

「魚でも死ぬ時は水を飲みたいと思うものかしら」

と聞いてみようかと思ったが、また神経衰弱といわれるのがオチだから黙っていた。

そうなると、たたみいわしも駄目であった。

たたみいわしは父が酒の肴《さかな》に好み、母がサッとあぶったのを食べよい大きさに割って父の皿にのせるのは私の役目と決っていたのだが、目が気になり出してからは、この沢山の黒いポチポチはみんな目なのだ、と思うと切なくなってくる。なるべくたたみいわしと目

が合わないように、そっぽを向きながらやって、
「どこを見てやっているんだ」
と父に叱られていた。
シラス干も嫌いで、私ひとりだけ大根おろしにかつお節をかけて食べていた。鰹《かつお》にだって目はあるのだが、見ぬこと清し、目の前に目玉がなければいいのである。

目が気になり出すと、尾頭《おかしら》つきを食べるのが苦痛になってきた。お刺身や切身の時はいいのだが、鯵《あじ》や秋刀魚《さんま》の一匹づけがいけない。

母や祖母にくっついて魚屋へゆく。見まいと思っても、つい目が魚の目に行ってしまう。どの魚も瞼《まぶた》もまつ毛もない。まん丸い黒目勝ちの目をしている。とれたては澄んだ水色をしているが、時間がたつにつれて、近所の中風病みのおじいさんの目のような、濁った色になる。焼いたり煮たりするとこれがまっ白になるんだ、と思うと悲しくて、なるべくお刺身や切身にしてもらうように、それとなく頼んだり駄々をこねたりした。

二つ切りなら尻尾のほうをもらう。鰈《かれい》やひらめのような底魚は、黒い方に目玉が二つ寄っているので、頭のほうがきたら、さっとひっくり返して皮の白いほうを出すと、少し気が休まった。

「魚は眼肉《がんにく》がおいしいんだ」

と、目のまわりをせせって食べる父や祖母を、何と残酷なことをするのかと思っていた。そのくせ私も人一倍の魚好きで、目玉は恐いわ魚は食べたいわなのだから困ってしまう。

嫌なのは「骨湯《こつゆ》」である。

煮魚を食べ終ると、残った骨や頭に熱湯をさし、汁を吸うのである。私の体が弱かったせいもあって、滋養になるからと祖母は必ず私に飲ませた。私は目をつぶって飲んでいた。今はこんなことをする年寄も少ないと思うが、昔の人間は塩気を捨てることを勿体《もったい》ながり、祖母は小皿に残った醬油《しょうゆ》まで湯をさして飲んでいた。

行く春や鳥啼《な》き魚の目は泪《なみだ》

芭蕉大先生には申し訳ないが、私は今でもこの句を純粋に鑑賞することが出来ない。白い木綿糸を通した針で、黒くしめった地面を突くようにして桜の花びらを集め、腕輪や首飾りを作る。うす紅色の、ひんやりと冷たいこの花飾りも乾いて茶色に色が変り、もう春もおしまいである。

藤色のうすいショールをした母が買物から帰ってくる。うぐいす色の塩壺からたっぷりと粗塩《あらじお》をとって、流しの笊ざるにならべた魚に塩をふっている。ならんだ魚の目が泣いたようにうるんでいる。

祖母の飼っている十姉妹《じゅうしまつ》のさえずるのが聞える。陽あたりのいい縁側の四角い鳥かごのまわりは、粟《あわ》の実がいっぱいこぼれている――こうなってしまうのである。

「そろそろ白麻の季節ですねえ、おばあちゃん」

父はお洒落で、夏になると毎日白麻の服で会社へ通っていた。

「また手入れが大変だ……」

「お父さんにそういって、今年こそ数を作っておもらいよ」

という母と祖母のやりとりが聞えてくるのである。縁側で白麻の服にプウッと頬をふくらませて霧を吹いている若かった母の姿が目に見えてくる。

そのうしろに、白麻の服を着て、カンカン帽やパナマの帽子をかぶり、籐《とう》のステッキをつき、夏目漱石の出来損いのような口ひげを生やして威張っている父の姿が浮かんでくるのである。

猿の肉を食べたことがある。

四国の高松に住んでいた時分だから、小学校の六年の時だった。高知へ出張した父が、おみやげにもらってきた。

尻込みする母や祖母を叱りつけるようにして、父はすき焼の支度をさせた。曲々《まがまが》しいほど真赤な美しい肉だった。恐る恐る口に入れたら、牛肉や豚肉より甘味が強く、やわらかでおいしいような気がした。

ところが、嚙んでいるうちに、何か口の中に残る。小皿に出したら、黒い小豆《あずき》粒ぐらいのバラ弾丸《だま》であった。

「猿に弾丸が当ると、赤い顔からスーと血の気が引いて、見る見る白い色になる。それでも、猿はしっかりと指で枝につかまっている。遂に耐え切れなくなってバタンと下に落ちてくる。それからゆっくりと目をつぶるんだそうだ。相当年季の入った猟師でも猿を撃つのは嫌なもんだといっていたよ」

父は話し上手な人であった。

ビールの酔いで赤くなった父の顔が猿に見えた。祖母が嫌な顔をして箸を置いた。母は用ありげに台所へ立って行った。誰も箸を出さない猿なべが、こんろの上で煮つまっていた。

私は眠り人形を持っていた。

なかなか精巧なつくりの、大きな日本人形で、おなかのところに和紙を貼った笛のようなものがあり、押すと赤子のような声を立てて泣き、横にすると、キロンと音を立てて目をつぶった。

白い表情のない美しい顔も何やら恐ろしかったが、このキロンという音と目をつぶる瞬間が嫌で、私はなるべく見ないようにしていたが、猿のはなしを聞いてからは、祖母からもらった籐製の大きなバスケットの中に押しこめた。押しこめたくせに、どんな顔をしているか気になって時々のぞいていた。

鳥の目も苦手だった。

これも眠り人形と同じように、下瞼がキロッと上へ上る。それが恐くて、私はカナリヤや十姉妹をどうしても好きになれなかった。指にとまらせると、うす冷たい細い肢《あし》が、ギュウと獅噛《しが》むようにする。

好きな人にはそれがいいのだろうが、私は痛々しくて辛かった。

猫を飼っていて一番楽しいのは、仔猫の目があくときである。

仔猫は生れてから一週間ほどは目が見えない。二、三日でまぶたは開くのだが、中は葛《くず》桜《ざくら》で物の形はさだかに見えないらしい。体の割りに大きな頭を持ち上げ、一丁前に鼻をピクつかせて風の匂いを嗅いだりしている。

ところが、一週間から十日の間に、朝起きて見ると、四匹だか五匹の兄弟のうち一匹片目が開いているのである。といっても、いきなりパッチリではなく、彫刻刀でスーと切れ目を入れたように葛桜のかげから黒い瞳がほんの少しのぞいているだけだが。

「お前が一番乗りかい」

開きかけの片目が気になるのか、前肢で掻《か》いたりしているのをからかって遊んでいるうちにもう一匹の片目があいてくる。これも体の大きい順というわけでもないし、すばしこいのからというわけでもない。不思議なことに夕方までには全部の仔猫の目がパッチリと開く。中には、朝は一番乗りだったのに、残る片目が最後まで開かないのもいたりして、それがまた面白いのである。

不思議なのは、こうして目の開いたばかりの仔猫が、私の目を見て啼くことである。ちょっと大き目のおハギの大きさの仔猫である。彼等の目から見たら、人間はガリバーどころか、巨大な怪獣であろう。それなのに、教えられもしないのに、自分の目と、私の目が対応する器官であることを本能的に知っている。これは一体、どういうことなのだろう。

更に一カ月もたつと、寝そべっている私の体によじのぼって、大騒ぎをして遊ぶようになる。こういう時でも、踵《かかと》などには実に邪険《じやけん》に嚙みついたりするのに、顔には多少手加減している節がある。親猫になると、それはもっとハッキリしていて、目のまわりをさわる時は絶対に爪を立てない。このことを私はいつも不思議に思っている。

動物園へ行って、動物の目だけを見てくることがある。

ライオンは人のいい目をしている。虎の方が、目つきは冷酷で腹黒そうだ。

熊は図体にくらべて目が引っこんで小さいせいか、陰険に見える。パンダから目のまわりの愛嬌のあるアイシャドーを差し引くと、ただの白熊になってしまう。

ラクダはずるそうだし、象は、気のせいかインドのガンジー首相そっくりの思慮深そうな、しかし気の許せない老婦人といった目をしていた。

キリンはほっそりした思春期の、はにかんだ少女の目、牛は妙に諦めた目の色で口を動かしていたし、馬は人間の男そっくりの哀しい目であった。競馬場でただ走ることが宿命の馬と、はずれ馬券を細かく千切《ちぎ》る男達は、もしかしたら、同じ目をしているのかも知れない。

少し前のことだが、ある雑誌で絵入り随筆というのを書いたことがあった。

絵は、なんでしたらお子さんのでもお孫さんのでもよろしい、ということだったが、甲斐性なしで亭主もいないので、子供や孫の持ち合せがあろう筈もない。

仕方がないので、銀座へ出たついでに文房具店に寄ってスケッチ・ブックとペンテル・カーボンを買った。三十何年ぶりに絵を描いてみようと思ったのである。魚屋で鯵のいいのをみかけたので、それを一匹と、おこぜの顔をチラチラ眺めながら、目刺を買って帰った。

子供の頃、魚の目を恐がったことがあったのを思い出した。あのまま大きくなっていたら、吉行理恵さんのような繊細な詩や文章が書けたのかも知れないのに、戦争と食糧不足にぶつかったおかげで、目が恐いどころではなく、口に入るものなら、カボチャのつるでもご馳走様という始末で、人間が鍛えられたのか年のせいなのか、いまは鯛の眼肉など他《ひ》人様《とさま》の分まで頂戴してしまう。

変れば変るものだと思いながら、鯵の写生を始めたのだが、どうもヘンなのである。形はどうにか鯵なのだが、目がいけない。

愛嬌があり過ぎる。

目に表情があり過ぎる。

笑っているのもある。

鯵はあきらめておこぜにしてみた。目刺を描いてみた。どう描いても、女の目である。女の鯵であり女のおこぜであり女の目刺なのである。そして、どの魚も私に似ているようであった。

魚はやめにして、カボチャの絵を描きながら、魚の顔とは何とむつかしいものだろうと思った。

中川一政先生の水墨と岩彩を集めた画集「門前小僧」をめくってみた。

かさご、鰯、鰈にかさご。

見事に魚の面構《つらがま》えであり魚の目であった。

ところで、先ほどの「行く春や」の句には、もうひとつ蛇足がつく。

私の友人で、魚の目（この場合、サカナと読まず、ウオと読んで戴きたい）の出来易い人物がいる。

魚の目とは、踵や足の裏の角質層の一部が肥厚増殖して真皮《しんぴ》内に深く嵌入《かんにゅう》したもので、これを圧迫すると乳頭内の神経が刺激され劇痛を覚える、と辞書にものっている。

私は経験がないのだが、ひどく痛いらしい。この人物によると、冬場はまだいいという。桜も終って、厚いウールのソックスもおしまいだなという頃になると、うすい靴下で魚の目の痛みをこらえる辛さを思ってぞっとしてしまう。あれは一度出来ると癖になって、取っても取っても根絶やしにならない。その痛みは大の男でも涙が出ることがある。しかも、それがこの人物の季語なのである。

魚の目は小刀で用心しいしい掘り出すと、ポロリと取れる。真珠にしては小汚い、それこそ小鯵の目玉位のものですよ、ということであった。

行く春や鳥啼きウオの目は泪

この人にとって、俳聖芭蕉のもののあわれは、わが足許なのである。

ごはん

歩行者天国というのが苦手である。

天下晴れて車道を歩けるというのに歩道を歩くのは依怙地《えこじ》な気がするし、かといって車道を歩くと、どうにも落着きがよくない。

滅多に歩けないのだから、歩ける時に歩かなくては損だというさもしい気持がどこかにある。頭では正しいことをしているんだと思っても、足の方に、長年飼い慣らされた習性かうしろめたいものがあって、心底楽しめないのだ。

この気持は無礼講に似ている。

十年ほど出版社勤めをしたことがあるが、年に一度、忘年会の二次会などで、無礼講というのがあった。その晩だけは社長もヒラもなし。いいたいことをいい合う。一切根にもたないということで、羽目を外して騒いだものだった。

酔っぱらって上役にカラむ。こういう時オツに澄ましていると、融通が利かないと思われそうなので、酔っぱらったふりをして騒ぐ。

わざと乱暴な口を利いてみる。

だが、気持の底に冷えたものがある。

これはお情けなのだ。

一夜明ければ元の木阿弥《もくあみ》。調子づくとシッペ返しがありそうな、そんな気もチラチラしながら、どこかで加減しいしい羽目を外している。

あの開放感と居心地の悪さ、うしろめたさは、もうひとつ覚えがある。

それは、畳の上を土足で歩いた時だった。

今から三十二年前の東京大空襲の夜である。


当時、私は女学校の三年生だった。

軍需工場に動員され、旋盤工として風船爆弾の部品を作っていたのだが、栄養が悪かったせいか脚気《かつけ》にかかり、終戦の年はうちにいた。

空襲も昼間の場合は艦載機が一機か二機で、偵察だけと判っていたから、のんびりしたものだった。空襲警報のサイレンが鳴ると、飼猫のクロが仔猫をくわえてどこかへ姿を消す。それを見てから、ゆっくりと本を抱えて庭に掘った防空壕へもぐるのである。

本は古本屋で買った「スタア」と婦人雑誌の附録の料理の本であった。クラーク・ゲーブルやクローデット・コルベールの白亜の邸宅の写真に溜息をついた。

私はいっぱしの軍国少女で、「鬼畜米英」と叫んでいたのに、聖林《ハリウッド》だけは敵性国家ではないような気がしていた。シモーヌ・シモンという猫みたいな女優が黒い光る服を着て、爪先をプッツリ切った不思議な形の靴をはいた写真は、組んだ脚の形まで覚えている。

料理の本は、口絵を見ながら、今日はこれとこれにしようと食べたつもりになったり、材料のあてもないのに、作り方を繰返し読みふけった。頭の中で、さまざまな料理を作り、食べていたのだ。

「コキール」「フーカデン」などの食べたことのない料理の名前と作り方を覚えたのも、防空壕の中である。

「シュー・クレーム」の頂きかた、というのがあって、思わず唾《つば》をのんだら、

「淑女は人前でシュー・クレームなど召し上ってはなりません」

とあって、がっかりしたこともあった。

三月十日。

その日、私は昼間、蒲田に住んでいた級友に誘われて潮干狩に行っている。

寝入りばなを警報で起された時、私は暗闇の中で、昼間採ってきた蛤《はまぐり》や浅蜊《あさり》を持って逃げ出そうとして、父にしたたか突きとばされた。

「馬鹿！　そんなもの捨ててしまえ」

台所いっぱいに、蛤と浅蜊が散らばった。

それが、その夜の修羅場《しゅらば》の皮切りで、おもてへ出たら、もう下町の空が真赤になってい

た。我家は目黒の祐天寺のそばだったが、すぐ目と鼻のそば屋が焼夷弾《しょういだん》の直撃で、一瞬に

して燃え上った。

父は隣組の役員をしていたので逃げるわけにはいかなかったのだろう、母と私には残っ

て家を守れといい、中学一年の弟と八歳の妹には、競馬場あとの空地に逃げるよう指示し

た。

駆け出そうとする弟と妹を呼びとめた父は、白麻の夏布団を防火用水に浸し、たっぷり

と水を吸わせたものを二人の頭にのせ、叱りつけるようにして追い立てた。この夏掛けは

水色で縁を取り秋草を描いた品のいいもので、私は気に入っていたので、「あ、惜しい」

と思ったが、さっきの蛤や浅蜊のことがあるので口には出さなかった。

だが、そのうちに夏布団や浅蜊どころではなくなった。「スタア」や料理の本なんぞと

いってはいられなくなってきた。火が迫ってきたのである。

「空襲」

この日本語は一体誰がつけたのか知らないが、まさに空から襲うのだ。真赤な空に黒い

B29。その頃はまだ怪獣ということばはなかったが、繰り返し執拗《しつよう》に襲う飛行機は、巨大

な鳥に見えた。

家の前の通りを、リヤカーを引き荷物を背負い、家族の手を引いた人達が避難して行ったが、次々に上る火の手に、荷を捨ててゆく人もあった。通り過ぎたあとに大八車が一台残っていた。その上におばあさんが一人、チョコンと坐って置き去りにされていた。父が近寄った時、その人は黙って涙を流していた。

炎の中からは、犬の吠え声が聞えた。

飼犬は供出するよういわれていたが、こっそり飼っている家もあった。連れて逃げるわけにはゆかず、繋いだままだったのだろう。犬とは思えない凄まじいケダモノの声は間もなく聞えなくなった。

火の勢いにつれてゴオッと凄まじい風が起り、葉書大の火の粉が飛んでくる。空気は熱く乾いて、息をすると、のどや鼻がヒリヒリした。今でいえばサウナに入ったようなものである。

乾き切った生垣を、火のついたネズミが駆け廻るように、火が走る。水を浸した火叩きで叩き廻りながら、うちの中も見廻らなくてはならない。

「かまわないから土足で上れ!」

父が叫んだ。

私は生れて初めて靴をはいたまま畳の上を歩いた。

「このまま死ぬのかも知れないな」

と思いながら、泥足で畳を汚すことを面白がっている気持も少しあったような気がする。

こういう時、女は男より思い切りがいいのだろうか。父が、自分でいっておきながら爪先立ちのような半端な感じで歩いているのに引きかえ、母は、あれはどういうつもりだったのか、一番気に入っていた松葉の模様の大島の上にモンペをはき、いつもの運動靴ではなく父のコードバンの靴をはいて、縦横に走り廻り、盛大に畳を汚していた。母も私と同じ気持だったのかも知れない。

三方を火に囲まれ、もはやこれまでという時に、どうしたわけか急に風向きが変り、夜が明けたら、我が隣組だけが嘘のように焼け残っていた。私は顔中煤《すす》だらけで、まつ毛が焼けて無くなっていた。

大八車の主《ぬし》が戻ってきた。父が母親を捨てた息子の胸倉を取り小突き廻している。そこへ弟と妹が帰ってきた。

両方とも危い命を拾ったのだから、感激の親子対面劇があったわけだが、不思議に記憶がない。覚えているのは、弟と妹が救急袋の乾パンを全部食べてしまったことである。うちの方面は全滅したと聞き、お父さんに叱られる心配はないと思って食べたのだという。

孤児になったという実感はなく、おなかいっぱい乾パンが食べられて嬉しかった、とあとで妹は話していた。

さて、このあとが大変で、絨毯《じゆうたん》爆撃がいわれていたこともあり、父は、この分でゆくと次は必ずやられる。最後にうまいものを食べて死のうじゃないかといい出した。

母は取っておきの白米を釜いっぱい炊き上げた。私は埋めてあったさつまいもを掘り出し、これも取っておきのうどん粉と胡麻《ごま》油で、精進揚《しようじんあげ》をこしらえた。格別の闇ルートのない庶民には、これでも魂の飛ぶようなご馳走だった。

昨夜の名残りで、ドロドロに汚れた畳の上にうすべりを敷き、泥人形のようなおやこ五人が車座になって食べた。あたりには、昨夜の余燼《よじん》がくすぶっていた。

わが家の隣りは外科の医院で、かつぎ込まれた負傷者も多く、息を引き取った遺体もあった筈だ。被災した隣り近所のことを思えば、昼日中から、天ぷらの匂いなどさせて不謹慎のきわみだが、父は、そうしなくてはいられなかったのだと思う。

母はひどく笑い上戸《じようご》になっていたし、日頃は怒りっぽい父が妙にやさしかった。

「もっと食べろ。まだ食べられるだろ」

おなかいっぱい食べてから、おやこ五人が河岸《かし》のマグロのようにならんで昼寝をした。

畳の目には泥がしみ込み、藺草《いぐさ》が切れてささくれ立っていた。そっと起き出して雑巾《ぞうきん》で拭こうとする母を、父は低い声で叱った。

「掃除なんかよせ。お前も寝ろ」

父は泣いているように見えた。

自分の家を土足で汚し、年端《としは》もゆかぬ子供たちを飢えたまま死なすのが、家長として父として無念だったに違いない。それも一個人ではどう頑張っても頑張りようもないことが口惜しかったに違いない。

学童疎開で甲府にいる上の妹のことも考えたことだろう。一人だけでも助かってよかったと思ったか、死なばもろとも、なぜ、出したのかと悔んだのか。

部屋の隅に、前の日に私がとってきた蛤や浅蜊が、割れて、干からびて転がっていた。

戦争。

家族。

ふたつの言葉を結びつけると、私にはこの日の、みじめで滑稽な最後の昼餐《ちゅうさん》が、さつまいもの天ぷらが浮かんでくるのである。

はなしがあとさきになるが、私は小学校三年生の時に病気をした。肺門淋巴《リンパ》腺炎《せんえん》という小児結核のごく初期である。

病名が決った日からは、父は煙草《たばこ》を断った。

長期入院。山と海への転地。

「華族様の娘ではあるまいし」

親戚からかげ口を利かれる程だった。

家を買うための貯金を私の医療費に使ってしまったという徹底ぶりだった。

父の禁煙は、私が二百八十日ぶりに登校するまでつづいた。

広尾の日赤病院に通院していた頃、母はよく私を連れて鰻屋《うなぎ》へ行った。病院のそばの小さな店で、どういうわけか客はいつも私達だけだった。

隅のテーブルに向い合って坐ると、母は鰻丼《うなどん》を一人前注文する。肝焼がつくこともあった。鰻は母も大好物だが、

「お母さんはおなかの具合がよくないから」

「油ものは欲しくないから」

口実はその日によっていろいろだったが、つまりは、それだけのゆとりがなかったのだろう。

保険会社の安サラリーマンのくせに外面《そとづら》のいい父。親戚には気前のいいしゅうとめ。そして四人の育ち盛りの子供たちである。この鰻丼だって、縫物のよそ仕事をして貯めた母のへそくりに決っている。私は病院を出て母の足が鰻屋に向うと、気が重くなった。

鰻は私も大好物である。だが、小学校三年で、多少ませたところもあったから、小説などで肺病というものがどんな病気かおぼろげに見当はついていた。

今は治っても、年頃になったら発病して、やせ細り血を吐いて死ぬのだ、という思いがあった。

少し美人になったような気もした。鰻はおいしいが肺病は甘くもの悲しい。おばあちゃんや弟妹達に内緒で一人だけ食べるというのも、嬉しいのだがうしろめたい。どんなに好きなものでも、気持が晴れなければおいしくないことを教えられたのは、この鰻屋だったような気もするし、反対に、多少気持はふさいでも、おいしいものはやっぱりおいしいと思ったような気もする。どちらにしても、食べものの味と人生の味とふたつの味わいがあるということを初めて知ったということだろうか。

今でも、昔風のそば屋などに入って鏡があると、ふっとあの日のことを考えることがある。

暗い臙脂《えんじ》のビロードのショールで衿元《えりもと》をかき合せるようにしながら、私の食べるのを見るともなく見ていた母の姿が見えてくる。その前に、セーラー服の上に濃いねずみ色と赤の編み込み模様の厚地のバルキー・セーターを重ね着した、やせて目玉の大きい女の子が坐っていて、それが私である。母はやっと三十だった。髪もたっぷりとあり、下ぶくれの顔は、今の末の妹そっくりである。赤黄色いタングステンの電球は白っぽい蛍光灯に変り、鏡の中にかつての日の母と私に似たおやこを見つけようと思っても、たまさか入ってくるおやこ連れは、みな明るくアッケラカンとしているのである。

母の鰻丼のおかげか、父の煙草断ちのご利益《りやく》か、胸の病の方は再発せず今日に至っている。

空襲の方も、ヤケッパチの最後の昼餐の次の日から、B29は東京よりも中小都市を狙いはじめ、危いところで命拾いをした形になった。

それにしても、人一倍食いしん坊で、まあ人並みにおいしいものも頂いているつもりだが、さて心に残る〝ごはん〟をと指を折ってみると、第一に、東京大空襲の翌日の最後の昼餐。第二が、気がねしいしい食べた鰻丼なのだから、我ながら何たる貧乏性かとおかしくなる。

おいしいなあ、幸せだなあ、と思って食べたごはんも何回かあったような気もするが、その時は心にしみても、ふわっと溶けてしまって不思議にあとに残らない。

釣針の「カエリ」のように、楽しいだけではなく、甘い中に苦みがあり、しょっぱい涙の味がして、もうひとつ生き死ににかかわりのあったこのふたつの「ごはん」が、どうしても思い出にひっかかってくるのである。

子供たちの夜

つい先だってのことだが、キリスト教関係の出版物を出しているところから電話があった。「愛」について短いものを書いて欲しいという依頼である。

私は常日頃神様とは全くご無沙汰の人間である。おまけに愛ということばは外来語のようでいまひとつ肌に馴染まず、口に出して言うと面映《おもは》ゆいところがある。ご辞退をしたのだが、電話の向うのシスターの静かな話しぶりはまるで美しい音楽を聞いているようで、気がついた時はハイと言ってしまっていた。

電話を切って、私は絨毯の上に長々と寝そべった。両手を自然に体につけ全身の力を抜く。大きく息を吸いながら両手を上へ上げ、頭の上に伸ばして絨毯につけるようにする。十回も繰り返すと体がやわらかくなって疲れが取れると婦人雑誌に書いてあったので、テレビの台本を書いていてセリフに詰まると時々試みていたのである。

棒鱈《ぼうだら》のように長くなって愛を考えるのは不謹慎な気もしたが、夏にしては涼しい昼下り、ゆっくりと体を伸ばしながら、私が初めて愛というものを感じたのはいつだろう、などとぼんやりしているのは、何やら神の恩寵《おんちょう》に包まれているようで幸せな気分である。気がついたら小一時間ほどうたた寝をしていた。

目が覚めたら、夕立でも来るのかあたりは薄暗くなっていた。昼寝の目覚めに仰ぐわがマンションの天井はベージュ一色の壁紙でサッパリしているが味気ない。子供の頃見た天井はこうではなかった。天井には木目や節があり、暗い夜のあかりの中で、動物やお化けに見えたりした。そんなことが糸口になって、繭玉《まゆだま》から糸を手繰《たぐ》り出すように子供の頃の夜の情景がよみがえってきた。

子供の頃はよく夜中に起された。

父が宴会から折詰を持って帰ってくるのである。末の妹はまだ乳のみ児だったから、私をかしらに姉弟三人がパジャマの上にセーターを羽織ったり綿入れのチャンチャンコを着せられたりして、茶の間に連れてこられる。食卓では赤い顔をした父が待ちかまえていて、

「今日は保雄から先に取れ」

と長男を立てたり、

「この前は保雄が先だったのか。それじゃあ今晩は邦子がイチだ」

と長女の私の機嫌を取ったりしながら、自分で取皿に取り分けてくれる。宴席で手をつ

けなかった口取りや二の膳のものを詰めてくるのだろうが、今考えてもなかなか豪勢なものだった。

鯛の尾頭つきをまん中にして、かまぼこ、きんとん、海老の鬼がら焼や緑色の羊羹《ようかん》まで入っていた。酒くさい息は閉口だったが、日頃は怒りっぽい父が、人が変ったようにやさしく、

「さあお上り」

と世話をやいてくれるのは嬉しかったし、好きなものをひと口ずつ食べられるのも悪くなかったが、何しろ眠いのである。眠たがり屋の弟は、いつも目をつぶって口を動かしていた。祖母が父に聞えぬような小さな声で、

「可哀そうだから寝かせたほうがいいよ」

と母に言うのだが、母は、上機嫌で調子外れの鼻唄を歌いながら子供たちの食べるのを眺めている父の方に目くばせをしながら、祖母をとめていた。

遂にたまりかねたのか、弟は人一倍大きな福助頭をぐらりと前へのめらせて自分の取皿を引っくり返し、さすがの父も、

「もういいから寝かせてやれ」

ということになった。

祖母に抱《かか》きえられた弟は、それでも箸をしっかり握っていて、母が指を一本一本開い

て取っていたのを覚えている。もっとも眠い思いも、たかが十五分か二十分のことで、食卓に肘《ひじ》をついたり、腕枕で子供たちの食べるのを眺めていた父は、酔いが廻るのか雷のような大いびきで眠ってしまう。

「さあ、よし。やっとお父さんが寝た」

と祖母と母はほっとして、これも半分眠っている子供たちをそれぞれの部屋に連れてゆき寝かせるのである。

こんな按配だから、朝になって折詰の残りが食卓にならんでいても、本当に昨夜食べたのかどうか半信半疑で、二番目の妹などは、よく、

「あたしは食べなかった」

と泣いていた。

ある朝、起きたら、庭に鮨《すし》の折りが散乱していたことがあった。

例によって深夜、鮨折りの土産をぶら下げてご帰館になり、「子供たちを起せ」とどなったのだが、夏場でもあり、母が「疫痢《えきり》にでもなったら大変ですから」ととめたところ、

「そうか。そんなら食わせるな」

と庭へ投げ捨てたというのである。

乾いて赤黒く変色したトロや卵焼が芝生や庭石にこびりつき、大きな蠅がたかっていた。

みせしめのためか、母は父が出勤するまで取り片づけず、父は朝刊で顔をかくすようにし

て、ブスッとした顔で宿酔《ふつかよい》の薬を飲んでいた。

子供たちが夜中に起されるのは折詰だけではなかった。藤色のフェルトの帽子であったり、黒いビロードの黒猫のハンドバッグであったり、童話の本や羽子板であったりした。パジャマの肩に反物《たんもの》をあてがわれ、

「どうだ。気に入ったろう」

と何度もたずねられた覚えもある。

こういう時の子供たちのいでたちというのが全員パジャマの上に毛糸の腹巻なのである。この格好が、三人ならんで、

「お父さん、お先におやすみなさい」

と礼儀正しく挨拶するところは、チンピラやくざが仁義を切るようなもので、他人が見たらさぞ滑稽な眺めだったろうと思う。私も大きくなるにしたがって毛糸の腹巻がきまりが悪くてたまらず、父の転勤で親許を離れて暮した時は、この格好をしなくてもすむというだけで嬉しかった。

私は子供にしては目ざといたちだったらしく、夜更《ふ》けに、よく大人達が、物を食べているのに気がついた。ご不浄にゆくついでに茶の間をあけると、たしかに餅を焼く匂いがしたのに、父は本をひろげ、母と祖母は繕《つくろ》い物をしていて、食卓には湯呑み茶碗しかのっていない。

バナナや水蜜桃、西瓜《すいか》など、当時の子供が食べると疫痢になるといわれたものを、親達は子供が寝てから食べていたらしい。その証拠に私が少し大きくなると、

「保雄や迪子《みちこ》には内緒だよ」

とバナナをほんの一口、口に入れてくれることもあった。

「お水を飲んじゃいけないよ」

といわれながら、大人扱いされるのが嬉しくて、翌朝、ゆうべの出来事をほのめかして妹や弟をかまい祖母に叱られたこともあった。

「コンキチ」

といっても、知っているのは我が家族だけであろう。掻巻《かいまき》（小夜具）のことである。

母は手まめな人で、子供用に小さな掻巻を縫ってくれた。黒い別珍《ベッチン》の衿が掛っていた。それを幼い私が、どういうわけか「コンキチ」と呼び、いつの間にか我が家だけの呼び名になってしまった。私は、随分大きくなるまで、この呼び方は、日本中どこでも通用する正式の日本語だと思い込んでいて、知った時はかなり恥ずかしい思いをした。

コンキチの柄は忘れてしまったが、掛布団にはとても好きな柄があった。臙脂の地色に、黄色や白や藤色で花火のような模様が一面に散っていた。

ある晩、泊り客があった。

客用の夜具布団よりも客の人数が多かったらしく、

「今晩だけ、これで我慢しておくれ」

と、何やらカビ臭い古い毛布などをあてがわれ、代りに大好きな花火の掛布団を取り上げられてしまった。

これから先は、聞いた話になるのだが、翌朝の朝食の席で、客の一人が、「お宅はお子さんの躾《しつけ》が実にいい」と感心している。夜中にスーと襖《ふすま》があくので見ると、一番上のお嬢さん、つまり私が敷居のところで手をついていた。礼儀正しく一礼すると、入ってきて、

「失礼いたします」

と挨拶して、花火の掛布団をズルズルと引きずって引き上げていったというのである。

父と母は恐縮して平謝りに謝り、早速客布団を追加して誂《あつら》えたそうだ。


子供の頃の夜の記憶につきものなのは、湯タンポの匂いである。

冬になると、風邪を引くという理由で、子供はお風呂は一晩おきであった。その代り、お風呂に入らない晩は湯タンポを入れてくれる。夕食が終って台所をのぞくと、祖母が草色の大きなヤカンから、湯タンポにお湯を入れていた。把手《とって》のついた口金を締めると、チユウチユウとシジミが鳴くような音を立てた。それを古くなった湯上りタオルで包み、子供用のは蹴飛ばして火傷《やけど》をするといけないというので、丁寧に紐でゆわえるのである。

湯タンポは翌朝までホカホカとあたたかかった。自分の湯タンポを持って洗面所にゆき、祖母に栓をあけてもらい、なまぬるいそのお湯で顔を洗うのである。日向くさいような金《か》気《な》の匂いがした。白い琺瑯《ほうろう》引きの洗面器の底に、黒い砂のようなものがたまる時もあった。

爪先立ちをして、袖や胸をぬらさないように顔を洗っていると、台所からかつお節をけずる音がした。昨夜、湯タンポのお湯を沸かした大きな草色のヤカンは台所の七輪の上でまた湯気を上げている。これは父のひげ剃りと洗面のためのお湯である。父は湯タンポのお湯は使わなかった。何でもお父さんだけ特別にされるのが好きな人だった。父の湯タンポのお湯は、たらいやバケツにあけて、母が洗濯や掃除に使っていた。

戦前の夜は静かだった。

家庭の娯楽といえばラジオぐらいだったから、夜が更けるとどの家もシーンとしていた。布団に入ってからでも、母が仕舞い風呂を使う手桶の音や、父のいびきや祖母が仏壇の戸をきしませて開け、そっと経文を唱える気配が聞えたものだった。裏山の風の音や、廊下を歩く足音や、柱がひび割れるのか、家のどこかが鳴るようなきしみを、天井を走るねずみの足音と一緒に聞いた記憶もある。飛んでくる蚊も、音はハッキリ聞えた。

闇が濃いと匂いと音には敏感になるというから、そのせいもあるだろうが、さまざまな音が聞えたような気がする。

その中で忘れられないのは、鉛筆をけずる音である。

夜更けにご不浄に起きて廊下に出ると耳馴れた音がする。茶の間をのぞくと、母が食卓の上に私と弟の筆箱をならべて、鉛筆をけずっているのである。

木で出来た六角の土びん敷きの上に、父の会社のいらなくなった契約書を裏返しにしてのせ、実に丹念にけずっていた。ナイフは父のお下りの銀色の紙切りナイフだった。長方形の極《ご》く薄型で、今考えてもとても洒落た形だった。安月給のくせに、父はそういう身の廻りのものに凝る人だったし、その後同じ型のものを見たことがないところを見ると外国製だったのかも知れない。

翌朝、学校へ行って一時間目に赤い革で中が赤ビロードの筆箱をあけると、美しくけずった鉛筆が長い順にキチンとならんでいた。その頃から鉛筆けずりはあったし、子供部屋にもついていたが、私達はみな母のけずった鉛筆がすきだった。けずり口がなめらかで、書きよかった。母は子供が小学校を出るまで一日も欠かさずけずってくれていた。

母は宴会だ会議だと帰りの遅い父を待ちながら、子供たちの鉛筆をけずっていたのだろう。冬は、長火鉢に鉄びんが湯気をあげ、祖母が咳の薬に煮ている金柑《きんかん》の砂糖煮の匂いがすることもあった。夏はうず巻きの蚊取り線香の細い煙がそばにあった。昼間の疲れか、ナイフを手に食卓にうつ伏している姿を見たこともある。

子供にとって、夜の廊下は暗くて気味が悪い。ご不浄はもっとこわいのだが、母の鉛筆をけずる音を聞くと、何故かほっとするような気持になった。安心してご不浄へゆき、また帰りにちょっと母の姿をのぞいて布団へもぐり込み夢のつづきを見られたのである。

記憶の中で「愛」を探すと、夜更けに叩き起されて、無理に食べさせられた折詰が目に浮かぶ。

つきあいで殺して飲んできた酒が一度に廻ったのだろう、真赤になって酔い、体を前後にゆすり、母や祖母に顰蹙《ひんしゅく》されながら、子供たちに鮨や口取りを取り分けていた父の姿である。

朝の光の中で見た芝生に叩きつけられた黒い蠅のたかったトロや卵焼。そして夜の廊下で聞いた母の鉛筆をけずる音。「コンキチ」と口の中で呟くと、それらの光景がよみがえってくる。

私達きょうだいはそれに包まれて毎晩眠っていたのだ。あの眠りのおかげで大きくなったのだ。

だが、キリスト教の雑誌にはこういう下世話なことを書くのもきまりが悪く、枚数も短いことだから、その次の次ぐらいに浮かんだ思い出の「愛」の景色を書くことにした。

勝負服

随分前に読んだ本で正確な題名は忘れてしまったのだが、音楽家の死因を調べたものがあった。

チャイコフスキーはコレラ、ラフマニノフはノイローゼ、ラベルは交通事故の後遺症、といった按配に、古今東西の音楽家達が何で亡くなったか調べた本なのだが、その人の死因と音楽は妙に関わりがあるように思えてなかなか面白い一冊だった。

そのひそみにならって、私は時々脚本を書く仕事がつかえたりすると、あの時、あの人はどんなものを着ていたのだろうと考えることがある。

例えば、紫式部は何を着てあの『源氏物語』を書いたのだろうか。源氏物語絵巻などの連想で、十二単《ひとえ》を涼やかに着て御簾《みす》のかげの文机《ふづくえ》に寄ってさらさらと、など考えたいところだが、冷暖房などない平安朝である。いかに紫式部でも、とても辛抱《しんぼう》は出来なかったに違いない。

物の本によれば十二単は、当時としても第一級の女性の正装で、今風にいえばローブ・デコルテである。普段は、もっと簡単な、――例えば夏の盛りなどは、お腰ひとつで、檜《ひ》扇《おうぎ》の古くなったのでバタバタやりながら、

「世の中いと煩《わづら》はしく、はしたなき事のみ増《まさ》れば、せめて知らず顔に有経《ありへ》ても、これより勝《まさ》る事もやと思《おぼ》しなりぬ」(須磨)

などと書いたのではないのかと思ってしまう。

冬の夜さり、あまりの寒さに、人知れず綿入れのチャンチャンコなど羽織ったかも知れない。

トルストイの『戦争と平和』はルパシカかしら。志賀直哉先生の『暗夜行路』は結城《ゆうき》の上物だったような気がするし、へミングウェイはサファリ・スーツかしら、それとも、或《あるい》は上半身裸でご自慢の筋肉美を誇っておいでになったかしら。

『嵐ヶ丘』のエミリー・ブロンテがもしGパンを知っていたら、あの作品はもっと気楽なものになっていたのではないかと考えたりする。

古今東西の大文豪のすぐあとに、三文ライターの我が身をならべるのは誠におこがましいのだが、私は仕事をする時は勝負服を着用する。

勝負服。

競馬の騎手がレースの時に着る服である。赤と黄色のダンダラ縞《じま》であったり、銭湯の夕

イルも顔負けの大きなチェッカー・クラブだったり、兎《と》に角《かく》遠目でも誰と判る極彩色の賑々《にぎにぎ》しい服である。競馬の持っているお祭り気分と、一瞬で勝負の決まるギャンブル性、はっきり言うと叱られるかも知れないが、馬が人をのせて走り、人がそれに大金を賭けて大騒ぎする茶目っ気とウサン臭さ、バカバカしさ。それでいて人も馬もここ一番の真剣勝負に間違いない。競馬の勝負服には、こういったものがみんな含まれていて、私はとても好きである。

私の勝負服も本当はあれがいいのである。ピカピカ光るナイロン地の極彩色の服なら、とてもそのまま、おもてへは出られないから、仕事の能率は上るだろう。だが、一人暮しの悲しさで、ドアをあけた御用聞きが肝をつぶすにちがいない。第一、着ている私も気恥しいし、気持が昂揚しすぎてしまって、やっぱり駄目だろう。

そんなこんなで、私の勝負服は地味である。無地のセーターか、プリントなら単純な焦々《いらいら》しないもの、何よりの条件は着心地のよさと肩のつくりである。冬ならセーターだが、軽くて肩や袖口の負担にならないもの。大きな衿は急いでペンを動かすとき、揺れるので嫌。袖口のボタンも駄目。体につかず離れずでなくてはならない。普段はだらだら遊んでいる癖に〆切りが迫ると一時間四百字詰め原稿用紙十枚でかき飛ばす悪癖があるのでどうしてもこういうことになってしまうのである。乏しい才にムチをくれ、〆切りのゴールめざして直線コースを突っ走っているのである。

視聴率というウサン臭いもので計られるバカバカしさ。一瞬のうちに消えてしまう潔さとはかなさ。テレビは競馬と似ていなくもないのである。

多少の自嘲の意味もこめて、私は勝負服にはもとでをかける。よそゆきよりもお金をかけて品質のいいものを選ぶのである。そんな勝負服がドレッサーの抽斗《ひきだし》に三ばいほどになった。

ヤキニクフクというものもある。これは文字通り焼肉を食べにゆく時の服である。焼肉もガスでお上品に焼くよりも、炭火を使って店内は煙でもうもう。テーブルにも椅子にもカルビの脂がしみ込んでいる、といった店がおいしい。ところがそういう店は、あまり清潔とは申しかねるところが多いので、汚れが目立たず、ラー油がポトリと落ちても青ざめたりしない程度で、しかし帰りにホテルのロビーで軽く一ぱいということになっても、気おくれしない服を選んでヤキニクフクと決めているのである。

いまのところ、ギ・ラロッシュの、黒地にさまざまな色で、まるでクレーの絵のようなプリントを描いた布地でつくったものを愛用している。二、三年にわたってヤキニクフク専門に着たせいか、この服に鼻をもってゆくと、心なしか焼肉の匂いがする。

面会服も二、三枚持っている。うちには猫が三匹いる。一匹はシャム猫だが、コラット種の夫婦がいて、此《こ》の頃はそう珍しくもなくなったが、ひと頃はよく女優さん達が見せて下さい、とお見えになった。

「まあ可愛い」と抱いて下さるのはいいのだが、我が家の猫は飼主に似たのか、愛想が悪く気まぐれで、面白がって高価な衣装に爪をたてたりするのである。

猫語で叱りながら、気をもむのも心臓によくないので、私はゆったりとしたナイロン地のガウンを二、三枚用意しておいて、お好きなのを選んで羽織っていただいている。ハッキリいえば、私が着飽きたお古である。

この面会服が古くなると病気服になる。生きものを飼って一番せつないのは、病気とそのあとの別れである。この服なら膝の上で粗相をしてもいいんだよ、叱らないよと言ってきかせ、一晩中抱いて看取《みと》り、或は最後の別れをしてやる時の服になるのである。あまり寂しい色や柄は嫌いで、今の病気服はグレイの猫に映りのいいオレンジと黄色のプリントなのである。

女を斬るな狐を斬れ　男のやさしさ考

菊池寛の短篇に「狐を斬る」というのがあります。

手許に本がないのでうろ覚えですが、かいつまんでお話ししてみましょう。

初老の浪人がおりました。

おだやかな人柄で、読み書きの素養もあり、俳諧などもたしなんだところから教えを乞う人も集り、ゆとりのある暮し向きでした。妻や子はありませんでしたが、身の廻りの世話にやとった年若い女中といつの間にか割りない仲となり、出入りの者の中には、奥様と呼ぶ者もおりました。

そうした或る日。下働きの年とった下女が浪人に耳打ちをしたのです。

「この間うちから呉服屋の番頭が奥様のもとに忍んでくる。まわりの人の口の端《は》にものぼっております」

浪人は黙って聞いておりましたが、ただひとこと、

「そのこと誰にも言うなよ」

浪人は家を出ると、山の方へ歩いてゆきました。仕える主家を持たない、定まった禄のない浪々の身の上のこと、女と歳の開きのある老いの我が身を考えながら歩いていますと、山道を猟師が下りてきました。生け捕りにして縛り上げた大きな狐をかついでおり、これから町へ売りにゆくところだといいます。浪人は金を払うとその狐をゆずり受けました。

その夜、浪人は句会にことよせて近隣の有力者を招きました。酒がまわり宴たけなわになった時、いきなり浪人は刀を引き寄せ、「あやしい物音がする」と庭先に瞳をこらしました。次の瞬間、浪人は外に躍り出ました。闇の中から「無礼者！」という浪人の声と、けだもののような断末魔の叫びが聞えました。

人々が手燭《てしょく》をかざして出てゆきますと、井戸端に大きな狐が斬られて転がっており、浪人が刀の血糊《ちのり》を拭っていました。

「折角《せっかく》の興をさまたげて申しわけないが、呉服屋の番頭といつわり妻女をたぶらかしていた狐をこの通り成敗《せいばい》致しました」

若い女は物かげで、歯の根も合わぬほどふるえていました。番頭はその夜のうちに町を逃げ出しました。しばらくたって浪人は女にまとまった金子《きんす》を渡して、しかるべき所に縁づくよう言い聞かせ、いとまを取らせました。

「藤十郎の恋」や「忠直卿行状記《ただなおきょうぎょうじょうき》」などのように有名ではありませんが、私はこの作品に心をひかれます。菊池寛が最も不遇で食うや食わずの時に、どこへ発表するというあてもなく書きためた中のひとつと聞きましたが、男のやさしさがにじんでいるように思われます。

当時、不義者は二人ならべて四つにされる。つまりその場で成敗されて当り前の時代でした。それをせず、女の過ちを許し、武士の一分《いちぶん》も立てて代りに狐を斬ったのです。

私がこの短篇を読んだのは十年ばかり前でしたが、読み終って、ふと二十五年前に菊池寛という人に一回だけ逢ったことがあるのを思い出しました。

父の転勤で、四国の高松に二年ほどいたのですが、四番丁小学校の六年の時でした。菊池寛はこの高松の出身で、小学校がこの四番丁だったかどうかは忘れましたが、とにかく郷土が生んだ文士ということで、講演に見えたのです。

全校生徒が講堂に集りました。校長先生の先導で菊池寛が入ってきました。ダブダブの背広を着た背の低い、おむすびのような形の頭をした風采《ふうさい》の上がらない人でした。演壇に上がると、ボソボソと話しはじめたのです。

「子供の頃、家が貧しくていつも同じ着物を着ていた。筒袖《つつそで》で洟《はな》を拭くものだから袖口がピカピカ光っていやな匂いがした。そのせいだろう、習字の先生はほかの生徒には一人一人うしろに立って筆に手を添えて直してくれるのに、自分には顔をそむけ一度も直してくれなかった。貧乏は辛いものだと思った」

というような話をされました。

この小学校は当時としては珍しい給食制度があって、体の弱い生徒におひるのお弁当が出ていました。給食係の白い割烹着のおばさん達が講堂の入口に遠慮勝ちにひと塊《かたまり》になって聞いていました。菊池寛はそれに目をとめ、どうぞ奥へお入りなさいという風に手招きをして、更にいくつかの面白い話を聞かせて笑わせてくれたような気がします。残念なことに忘れてしまいましたが、一番おしまいに言ったことだけは今もはっきり覚えています。

「人を批評したり判断する時には欠点を先に言いなさい。あの人は人は好いがだらしがない、というとだらしがない人ということになってしまう。しかし、だらしがないが好い人だと考えれば世の中は楽しくなります」

そして、自分の名前の寛という字を引き合いに出して、人には寛大、自分にはきびしく、といわれたのです。

生れて初めて有名な人のおはなしを聞いたこともありますが、この教訓は心にしみるものがありました。このことを私は長いこと忘れていました。菊池寛の小説を読んだのはこのあと女学校に入ってからでしたが、その時は高松の講演のことを思い出さず、そのあと二十年もたって「狐を斬る」を読んで、不意に頰を叩かれたように四番丁小学校の講堂の情景がよみがえったのです。

　この短篇にただようかなしさとやさしさのせいだと思います。私も歳を重ね、そういうことが判る歳になっていたこともありましょう。男のやさしさ、というと、私はこの短篇と、菊池寛の話を思い出してしまうのです。


元の横綱朝潮。いまの高砂親方と新幹線で隣合わせになったことがあります。五、六年前のことで、あと一日二日で名古屋場所がはじまるという時でした。

　正直言って、えらい人の隣にきてしまったなと思いました。何しろあの体格です。おまけに私の席は通路寄りで、親方は窓ぎわでしたから、親方の体は一人前の座席いっぱいに溢れかえり、私はまるで夜具布団に寄っかかっているといった按配でした。

　親方は文字通り体を固くして身を縮めていました。遠くの席の弟子を呼びほかに席を探させていたようでしたが、あいにく満席でした。

「どうぞお気遣いなくお楽になすって下さい」と言いたいのですが、面識がないのでそれも言い出せず、親方は身を縮めっぱなし、私は押されて通路に体を半分乗り出すような格好で時間がたってゆきました。

　親方は時折、睡魔に襲われるらしく、こっくりこっくりと大きく舟を漕ぎかけるのですが、そのたびにハッとして前より更に体を固くし身を縮めていました。

やっと名古屋駅につきました。親方は立ち上がると、私に深々と一礼して下りてゆきました。

「やさしい人だな」と思いました。その背中には人気力士のおごりはなく、立派すぎる体をもって生れてしまった男の悲しみがあるように思えました。

何かの本で、この人が少年時代を語り、

「人よりも体が大きく力が強いことを知っていたので、子供の時から人を殴ったことはありませんでした」

と言っていたのを思い出しました。

この人の全盛時代、あれだけの体格を持ちながら土俵の勝負にいまひとつ酷薄さがなく、意外に他愛なく負けていたことも思い合わせると、この人は力士にならなかったほうが仕合せではなかったかという気がします。

大きい動物ほど、強い男ほど、やさしいのかも知れません。

二年ほど前、私は大病をしました。

厄介な病名だったこともあり、今まで丈夫だけが取柄《とりえ》と思っていたのが足許から崩れる思いで、あまり長く生きられないのではないかと心細く思っていた矢先、突然知人のMさんが亡くなりました。

六本木で小料理屋を経営するかたわら、板前役でテレビドラマにも出演したりする人で、新劇の役者さんに顔の広い名物男といった存在の人でした。私のドラマにも出演していただいたこともあり、夫人ともおつきあいがあったので、入院中の病院から外出許可をもらいお葬式に出席しました。

私よりも年若で、病気ひとつしたことのないMさんが、突然の脳出血とはいえ、実にあっけなく亡くなってしまった――私は、まるで自分の葬式に参列するような気持でした。

焼香を終り路地に並んで出棺を待ちました。

その時、東宝のプロデューサーの椎野英之氏が近寄ってこられました。

私は氏から映画の台本を依頼されながら、テレビの仕事がなかなか片づかず伸び伸びになっていたのです。椎野氏は亡くなったM氏をいたみながらさりげなく私への見舞いをいわれました。そして、私の体を押すようにして、電柱を背に寄りかかれるような位置にもってゆかれるのです。

「寒いから失礼して着ましょうや」

と自分が先にコートを羽織り、私のバッグを持って自然なしぐさで手にしたコートを着せかけて下さるのです。私が病院から抜け出て来ていることを知ってのいたわりでした。自分も多病であると語り、小さなキッカケをみつけて（それは食欲があるとか、夜よくねむれるとかいったごく当り前のはなしからでしたが）、いきなり低い、しかしハッキリし

た声で、

「向田さん、あなたは長生きしますよ」

と言われました。

ひとのお葬式にきていて不謹慎ですが、私は胸の中がじんわりとあたたかくなるのを感じました。生きてゆくことに不安を感じながら親しい人の出棺を見送ろうとしている人間が、何を一番言って欲しいか、この人は判っていたのです。

私に長生きの太鼓判を押して下さった椎野さんは、この一年後に急逝されました。一夜「椎野英之をしのぶ会」という集りがあり、私も末席に連なりました。

映画監督や俳優達がマイクの前に立ち、仕事では鬼であり、男としてはやさしかった椎野さんのエピソードをこもごも語られました。私も会場の隅で、一年前のあの日、Mさんの出棺を見送る路地でのやさしいいたわりを思い出していました。いい人はどうして早く死ぬのだろうと神様の不公平を恨みたい気持になりました。

男のやさしさは、袷《あわせ》仕立てだと思います。

女のやさしさは、何といったらいいのでしょうか、女と生れた義務のようなものとか、小さな自己陶酔があるだけですが、男のやさしさには、人間としてのかなしみやはにかみの裏打ちがあるように私には思えます。

やさしいしぐさ、やさしいことばをかける時の男の顔は、私の知っている限り、どこかかなしげであり、はにかみを浮かべているのです。

生きてくってことは大変ですねえ。みっともなく、つらいことも多いですよ。おたがい、ヤンなっちゃうなあ（と、もちろん言葉に出してなんか言いませんよ。心の中でです）と右手で頭をかきながら、左手でさりげなく隣にすわる女の裾の乱れを直してくれている——そんなところがあるのです。

私の好きな男のやさしさは、あまりかっこよくない不器用な、少々こっけいなやさしさです。

やさしくて、かえってみっともない時。自分が恥をかいても、それを言いわけせず、その恥自体が誰かへのやさしさになっている時。そういう時の男は、惚れぼれするほど素敵です。

女は、小さい時からそう躾《しつけ》られたから、或いはやさしくすると、あと自分自身ゆったりとやさしい気持になるから——意地悪くいえば鏡の前でやさしく振舞うようなところがありますが、本当の男のやさしさには、人に見られるとはにかんだり、逆にテレて腹を立てたりする、そういうところがあります。

強いだけの男。

やさしいだけの男。

こういう男は、佃煮《つくだに》にするほどいますが、味わいが乏しいように思います。当り前のことですが、強い中にやさしさがあり、やさしい中に強さがあると、魅力は二乗三乗になるのです。

ターザンやキングコングが世界中の人気者になったのはあのやさしさです。織田信長がなぜ志半ばにして本能寺でたおれ、豊臣秀吉が天下を制したか。それはやさしさではないかと思います。秀吉が陣中から淀君やおねねに出した手紙が今も残っていますが、男のやさしさのお手本のような文面です。この人もサルとよばれた風采の上がらぬ醜男《ぶおとこ》だったそうですが、天下人《てんかびと》となってからも、気持のどこかになにか悲しみのようなものがあったのかも知れませんね。

男のやさしさで私が嫌いなものが二つあります。

ひとつはテクニックだけのやさしさです。

これはないほうがまし。見せかけだけの、口先だけのやさしさなら、かえってなにもしない不器用の方が女には好もしいものです。

もうひとつ、これは男性方へのお願いになりますが、どうか男は、〝男のやさしさ〟などとおっしゃらないでいただきたいのです。

私はたしかに名古屋までの二時間、身を縮めっぱなしだった高砂親方の男らしいやさしさに心打たれました。遅まきながらファンになりました。しかし、もしあのあとで親方が文章やテレビで、「男のやさしさについて」書いたり語っておられたら、いっぺんに興ざめしたと思うのです。

どうか男は口がくさっても〝男のやさしさ〟についておっしゃらないで下さい。それは女に言わせて下さい。

――もっとも、女もいけません。

女も昔はやさしくて思いやりがあって、男のやさしさにも敏感でした。しかし、この頃、女はかしこくもなり強くなりましたが、やさしさは目減りしました。

自分がやさしくないと、つまりガサツに生きていると、人のやさしさにも鈍感になります。収入があり、マイホームを建て、車を買ってくれる男を、やさしいとカン違いしている手合いも沢山おります。

そこで我慢強い男たちもたまりかねて、ついつい〝男のやさしさ〟を口に出したりされるのでしょうが、もう少し待ってみていただけませんか。

もう少し我慢して、口には出さずに態度で〝男のやさしさ〟を女に教えてはいただけないでしょうか。

ゆでたまご

小学校四年の時、クラスに片足の悪い子がいました。名前をIといいました。Iは足だけでなく片目も不自由でした。背もとびぬけて低く、勉強もビリでした。ゆとりのない暮らし向きとみえて、衿があかでピカピカ光った、お下がりらしい背丈の合わないセーラー服を着ていました。性格もひねくれていて、かわいそうだとは思いながら、担任の先生も私たちも、ついIを疎《うと》んじていたところがありました。

たしか秋の遠足だったと思います。

リュックサックと水筒を背負い、朝早く校庭に集まったのですが、級長をしていた私のそばに、Iの母親がきました。子供のように背が低く手ぬぐいで髪をくるんでいました。かっぽう着の下から大きな風呂敷包みを出すと、

「これみんなで」

と小声で繰り返しながら、私に押しつけるのです。

古新聞に包んだ中身は、大量のゆでたまごでした。ポカポカとあたたかい持ち重りのする風呂敷包みを持って遠足にゆくきまりの悪さを考えて、私は一瞬ひるみましたが、頭を下げているIの母親の姿にいやとは言えませんでした。

歩き出した列の先頭に、大きく肩を波打たせて必死についてゆくIの姿がありました。Iの母親は、校門のところで見送る父兄たちから、一人離れて見送っていました。

私は愛という字を見ていると、なぜかこの時のねずみ色の汚れた風呂敷とポカポカとあたたかいゆでたまごのぬくみと、いつまでも見送っていた母親の姿を思い出してしまうのです。

Iにはもうひとつ思い出があります。運動会の時でした。Iは徒競走に出てもいつもびきりのビリでした。その時も、もうほかの子供たちがゴールに入っているのに、一人だけ残って走っていました。走るというより、片足を引きずってよろけているといったほうが適切かも知れません。Iが走るのをやめようとした時、女の先生が飛び出しました。

名前は忘れてしまいましたが、かなり年輩の先生でした。叱言《こごと》の多い気むずかしい先生で、担任でもないのに掃除の仕方が悪いと文句を言ったりするので、学校で一番人気のない先生でした。その先生が、Iと一緒に走り出したのです。先生はゆっくりと走って一緒にゴールに入り、Iを抱きかかえるようにして校長先生のいる天幕に進みました。ゴールに入った生徒は、ここで校長先生から鉛筆を一本もらうのです。校長先生は立ち上がると、体をかがめてIに鉛筆を手渡しました。

愛という字の連想には、この光景も浮かんできます。

今から四十年もまえのことです。

テレビも週刊誌もなく、子供は「愛」という抽象的な単語には無縁の時代でした。

私にとって愛は、ぬくもりです。小さな勇気であり、やむにやまれぬ自然の衝動です。

「神は細部に宿りたもう」ということばがあると聞きましたが、私にとっての愛のイメージは、このとおり「小さな部分」なのです。

父の詫び状

つい先だっての夜更けに伊勢海老一匹の到来物があった。

ひと仕事終えて風呂に入り、たまには人並みの時間に床に入ろうかなと考えながら、思い切り悪く夕刊をひろげた時チャイムが鳴って、友人からの使いが、いま伊豆から車で参りましたと竹籠に入った伊勢海老を玄関の三和土《たたき》に置いたのである。

オドリにすれば三、四人前はありますというだけあって、みごとな伊勢海老であった。勿論《もちろん》生きている。

暴れるから、火にかけたら釜の蓋《ふた》で力いっぱい押えて下さいと使いの人がいい置いて帰ったあと、私は伊勢海老を籠から出してやった。どっちみち長くない命なのだから、しばらく自由に遊ばせてやろうと思ったのだ。海老は立派なひげを細かく震わせながら、三和土の上を歩きにくそうに動いている。黒い目は何を見ているのか。私達が美味《おい》しいと賞味する脳味噌はいま何を考えているのだろう。

七、八年前の年の暮のことだが、関西育ちの友人が伊勢海老の高値に腹を立て、産地からまとめて買って分けてあげるといい出したことがあった。

押し詰って到着した伊勢海老の籠を玄関脇の廊下に置いたところ、間仕切りのない造りだったので、夜中に海老が応接間へ這い出してしまったのである。海老達はどういうわけかピアノの脚によじ登ろうとしたらしく、次の日に私が訪ねた時、黒塗りのピアノの脚は見るも無惨な傷だらけになり、絨毯には、よだれというかなめくじが這ったあとのようなしみがいっぱいについていた。結局高い買物についてしまったわねと大笑いをしたことを思い出して、三和土の隅のブーツを下駄箱に仕舞った。

奥の部屋では三匹の猫が騒いでいる。

ガサゴソという音を聞きつけたのか匂いなのか。猫に伊勢海老を見せてやりたいという気持がチラと動いたが、結局やめにした。習性とはいえ飼っている動物の残忍な行動を見るのは飼主として辛いものがある。

これ以上眺めていると情が移りそうなので籠に戻し、冷蔵庫の下の段に入れて寝室に入ったのだが、海老の動く音が聞えるような気がして、どうにも寝つかれないのである。

こういう晩は嫌な夢を見るに決っている。

これも七、八年前のことだが、猫が四角くなった夢を見たことがあった。

いま飼っているコラット種の雄猫マミオがタイ国から来た直後、先住のシャム猫の雌と折り合いが悪く、馴れるまでペット用の四角い箱の中に入れておいたことがある。

その頃見たテレビのシーンに「四角い蛙」のはなしがあった。大道香具師《やし》が前日から蛙を四角い箱に押し込んで置く。四角くなった蛙を面白おかしい口上と共に売りつけるのである。買った人がうちへ帰って開ける頃にはもとの蛙にもどっているのだが、あとは野となれ山となれ。おかしくてその時は笑ったのだが、気持のどこかに笑い切れないものが残っていたのだろう。

夢の中でマミオが灰色の四角い猫になっているのである。何ということをしてしまったのかと私は猫を抱きしめ声を立てて泣いてしまった。自分の泣き声でびっくりして目を覚ましたのだが、目尻が濡れていた。すぐに起きて猫の箱をのぞいたら猫は丸くなって眠っていた。

灯を消して天井を見ながら、なるべく海老以外のことを考えようとしたら、不意にマレーネ・ディートリッヒの顔が浮かんできた。

テレビで見た往年の名画「間諜X27」のラストシーンである。娼婦の姿をしたディートリッヒが反逆罪で銃殺される。隊長が「撃て」と命令し、並んだ十数人の兵士の銃が一斉に発射されるのだが、あれはうまい仕掛けである。命令した人間は手を下したのは自分ではないと思い、撃った兵士も命令に従ってやっただけだと自分に言い訳が立つ。しかも、ああいう場合、誰の銃に実弾が入っているか、本人にも知らされないと聞いている。

そこへゆくと、一人暮しは不便である。海老を食べようと決めるのも私だし、手を下すのも私である。冷蔵庫の中でまだ動いているに違いない大きい海老を考えると気が重く、眠ったのか眠らないのか判らないうちに朝になってしまった。

昼前、私はまだ生きている海老を抱えてタクシーにのり、年頃の大学生のいるにぎやかな友人の家を選んで海老を進呈した。

玄関には海老の匂いとよだれのようなしみが残った。香を焚《た》き、海老一匹料《りょう》れなくてどうする、だからドラマの中でも人を殺すことが出来ないのだぞと自分を叱りながら、四ツン這いになって三和土を洗っていた。

子供の頃、玄関先で父に叱られたことがある。

保険会社の地方支店長をしていた父は、宴会の帰りなのか、夜更けにほろ酔い機嫌で客を連れて帰ることがあった。母は客のコートを預ったり座敷に案内して挨拶をしたりで忙しいので、靴を揃えるのは、小学生の頃から長女の私の役目であった。

それから台所へ走り、酒の燗《かん》をする湯をわかし、人数分の膳を出して箸置きと盃を整える。再び玄関にもどり、客の靴の泥を落し、雨の日なら靴に新聞紙を丸めたのを詰めて湿気を取っておくのである。

あれはたしか雪の晩であった。

お膳の用意は母がするから、といわれて、私は玄関で履物の始末をしていた。七、八人の客の靴には雪がついていたし、玄関のガラス戸の向うは雪明りでボオッと白く見えた。すき間風のせいかこういう晩は新聞紙までひんやりと冷たい。靴の中に詰める古新聞に御真影《ごしんえい》がのっていて叱られたことがあるので、かじかんだ手をこすり合せ、気にしながらやっていると、父が鼻唄をうたいながら手洗いから出て座敷にゆくところである。

父は音痴で、「箱根の山は天下の険」がいつの間にかお経になっているという人である。うちの中で鼻唄をうたうなど、半年に一度あるかなしのことだ。こっちもついつられてたずねた。

「お父さん。お客さまは何人ですか」

いきなり「馬鹿」とどなられた。

「お前は何のために靴を揃えているんだ。片足のお客さまがいると思ってるのか」

靴を数えれば客の人数は判るではないか。当り前のことを聞くなというのである。

あ、なるほどと思った。

父は、しばらくの間うしろに立って、新聞紙を詰めては一足ずつ揃えて並べる私の手許を眺めていたが、今晩みたいに大人数の時は仕方がないが、一人二人の時は、そんな揃え方じゃ駄目だ、というのである。

「女の履物はキチンとくっつけて揃えなさい。男の履物は少し離して」

父は自分で上りかまちに坐り込み、客の靴を爪先の方を開き気味にして、離して揃えた。

「男の靴はこうするもんだ」

「どうしてなの」

私は反射的に問い返して、父の顔を見た。

父は、当時三十歳をすこし過ぎたばかりだったと思う。重みをつけるためかひげを立てていたが、この時、何とも困った顔をした。少し黙っていたが、

「お前はもう寝ろ」

怒ったようにいうと客間へ入って行った。

客の人数を尋ねる前に靴を数えろという教訓は今も忘れずに覚えている。ただし、なぜ男の履物は少し離して揃えるのか、本当の意味が判ったのは、これから大分あとのことであった。

父は身綺麗で几帳面な人であったが、靴の脱ぎ方だけは別人のように荒っぽかった。くつぬぎの石の上に、おっぽり出すように脱ぎ散らした。

客の多いうちだからと、家族の靴の脱ぎ方揃え方には、ひどくうるさいくせに自分はなによ、と父の居ない時に文句をいったところ、母がそのわけを教えてくれた。

父は生れ育ちの不幸な人で、父親の顔を知らず、針仕事をして細々と生計を立てる母親の手ひとつで育てられた。物心ついた時からいつも親戚や知人の家の間借りであった。履物は揃えて、なるべく隅に脱ぐように母親に言われ言われして大きくなったので、早く出世して一軒の家に住み、玄関の真中に威張って靴を脱ぎたいものだと思っていたと、結婚した直後母にいったというのである。

十年、いや二十年の恨みつらみが、靴の脱ぎ方にあらわれていたのだ。

そんな父が、一回だけ威勢悪くションボリと靴を脱いだことがある。戦争が激化してぼつぼつ東京空襲が始まろうかという、あれも冬の夜であった。

カーキ色の国民服にゲートルを巻き、戦闘帽の父が夜遅く珍しく酒に酔って帰ってきた。酒は配給制度で宴会などもう無くなっていた頃だったから、闇の酒だったのかも知れない。灯火管制で黒い布をかけた灯りの下で靴を脱いだ父は、片足しか靴をはいていないのである。

近くの軍需工場の横を通ったところ、中で放し飼いになっている軍用犬が烈《はげ》しく吠え立てた。犬嫌いの父が、

「うるさい。黙れ！」

とどなり、片足で蹴り上げる真似をしたら、靴が脱げて工場の塀の中へ落ちてしまったというのである。

「靴のひもを結んでいなかったんですか」

と母が聞いたら、

「間違えて他人の靴をはいてきたんだ」

割れるような大声でどなると、そっくりかえって奥へ入って寝てしまった。たしかにふた回りも大きい他人の靴であった。

翌朝、霜柱を踏みながら、私は現場に出かけて行った。犬に吠えられながら電柱によじ登って工場の中をのぞくと、犬小舎《ごや》のそばに靴らしいものが見える。折よく出てきた人にわけを話したところ、

「娘さんかい。あんたも大変だね」

といいながら、中からポーンとほうって返してくれた。犬の噛みあとがあったが、もともとかなり傷んでいたから大丈夫だろうと思いながらうちへ帰った。それから二、三日、父は私と目があっても知らん顔をしているようであった。

「啼くな小鳩よ」という歌が流行《はや》った頃だから昭和二十二、三年だろうか。

父が仙台支店に転勤になった。弟と私は東京の祖母の家から学校へ通い、夏冬の休みだけ仙台の両親の許へ帰っていた。東京は極度の食糧不足だったが、仙台は米どころでもあり、たまに帰省すると別天地のように豊かであった。東一番丁のマーケットには焼きがれ

いやホッキ貝のつけ焼の店が軒をならべていた。

当時一番のもてなしは酒であった。

保険の外交員は酒好きな人が多い。配給だけでは足りる筈もなく、母は教えられて見よう見真似でドブロクを作っていた。米を蒸し、ドブロクのもとを入れ、カメの中へねかせる。古いどてらや布団を着せて様子を見る。夏に蚊にくわれながら布団をはぐり、耳をくっつけて、

「プクプク……」

と音がすればしめたものだが、この音がしないと、ドブロク様はご臨終ということになる。

物置から湯タンポを出して井戸端でゴシゴシと洗う。熱湯で消毒したのに湯を入れ、ひもをつけてドブロクの中へブラ下げる。半日もたつと、プクプクと息を吹き返すのである。

ところが、あまりに温め過ぎるとドブロクが沸いてしまって、酸っぱくなる。こうなると客に出せないので、茄子《なす》やきゅうりをつける奈良漬の床《とこ》にしたり、「子供のドブちゃん」と称して、乳酸飲料代りに子供たちにお下げ渡しになるのである。すっぱくてちょっとホロっとして、イケる口の私は大好物であった。弟や妹と結託して、湯タンポを余分にほうり込み、

「わざと失敗してるんじゃないのか」

と父にとがめられたこともあった。

客の人数が多いので酒の肴を作るのも大仕事であった。年の暮など夜行で帰って、すぐ台所に立ち、指先の感覚がなくなるほどイカの皮をむき、細かく刻んで樽いっぱいの塩辛をつくったこともあった。新円切り換えの苦しい家計の中から、東京の学校へやってもらっている、という負い目があり、その頃の私は本当によく働いた。

働くことは苦にならなかったが、嫌だったのは酔っぱらいの世話であった。

仙台の冬は厳しい。代理店や外交員の人たちは、みぞれまじりの風の中を雪道を歩いて郡部から出て来て、父のねぎらいの言葉を受け、かけつけ三杯でドブロクをひっかける。酔わない方が不思議である。締切の夜など、家中が酒くさかった。

ある朝、起きたら、玄関がいやに寒い。母が玄関のガラス戸を開け放して、敷居に湯をかけている。見ると、酔いつぶれてあけ方帰っていった客が粗相した吐《と》瀉物《しゃぶつ》が、敷居のところいっぱいに凍りついている。

玄関から吹きこむ風は、固く凍《い》てついたおもての雪のせいか、こめかみが痛くなるほど冷たい。赤くふくれて、ひび割れた母の手を見ていたら、急に腹が立ってきた。

「あたしがするから」

汚い仕事だからお母さんがする、というのを突きとばすように押しのけ、敷居の細かいところにいっぱいにつまったものを爪楊子《つまようじ》で掘り出し始めた。

保険会社の支店長というのは、その家族というのは、こんなことまでしなくては暮してゆけないのか。黙って耐えている母にも、させている父にも腹が立った。

気がついたら、すぐうしろの上りかまちのところに父が立っていた。手洗いに起きたのだろう、寝巻に新聞を持ち、素足で立って私が手を動かすのを見ている。「悪いな」とか「すまないね」とか、今度こそねぎらいの言葉があるだろう。私は期待したが、父は無言であった。黙って、素足のまま、私が終るまで吹きさらしの玄関に立っていた。
三、四日して、東京へ帰る日がきた。
帰る前の晩、一学期分の小遣いを母から貰う。

あの朝のこともあるので、少しは多くなっているかと数えてみたが、きまりしか入っていなかった。

いつも通り父は仙台駅まで私と弟を送ってきたが、汽車が出る時、ブスッとした顔で、

「じゃあ」

といっただけで、格別のお言葉はなかった。

ところが、東京へ帰ったら、祖母が「お父さんから手紙が来てるよ」というのである。巻紙に筆で、いつもより改まった文面で、しっかり勉強するようにと書いてあった。終りの方にこれだけは今でも覚えているのだが、「此の度は格別の御働き」という一行があり、そこだけ朱筆で傍線が引かれてあった。

それが父の詫び状であった。

第二部　一九七八〜七九年

隣りの神様

生れて初めて喪服を作った。

あまり大きな声でいいたくないのだが、私は四十八歳である。キチンとしたところに勤めるなり、人並みに結婚をするなり、人生の表街道を歩いていれば、冠婚葬祭も自然と多くなり、夏冬の喪服の二枚や三枚あって当り前の年であろう。どういうめぐり合せか売れ残り、おまけにテレビの台本書きというやくざな稼業についたことも手伝って、いつも有合せでごまかしてきた。学校を出て就職した時、

「月給を貰ったら、まず祝儀不祝儀に着て行く服を整えるように」

と父にいわれたのだが、当時私は若い癖に黒に凝り、色の黒さも手伝ったのだろう、「黒ちゃん」と呼ばれていた。一年中を黒のスカートに黒のセーターやブラウスで通し、祝儀不祝儀の際も、

「黒ちゃんはそのままでいいよ」

と大目に見ていただいていたこともあって、スキー用のウインド・ヤッケやゴルフ靴が先になり、今年こそ来年必ずとお題目に唱えながら、二十五年がたってしまったのである。

「少女老イ易《やす》ク喪服作リ難《がた》シ」

では詩にもならない。

第一、不祝儀のたびに洋服簞笥《だんす》や抽斗《ひきだし》を引っかき廻し、お通夜や葬儀の際もなるべく人目に立たないように気を遣う肩身の狭さにもくたびれてきた。

そんなこんなで、半年前に喪服用のツー・ピースを誂《あつら》えたのである。ところが、注文した途端に、母の心臓の具合がおかしくなった。

「それ見たことか」

自分の中で自分を威《おど》す気持もあって、いっそ取りやめにしようかと迷ったのだが、友人のデザイナーが、私の気持を見透かしたのか、

「喪服を作ると思わないで、黒い服を作ると思うのよ。私はいつもお客さまにそう申し上げている」

という。

職業柄とはいえ、細やかな心遣いをするものだと感心をして仕事をつづけてもらった。

幸い母の病気は大したこともなく治まり、喪服は仕立て上って私の手許に届いた。鏡の前で試着して出来ばえに気をよくしながら、私はドキンとした。

長靴を買って貰った子供が雨の日を待つように、私も気持のどこかで、早くこの喪服を着てみたいとウズウズしているのである。

嫌なところが父に似たものだと思った。


父はせっかちというか、こらえ性のない人であった。

買ったものはすぐ使いたい、貰ったものはすぐに見たいのである。

来客があって手土産を頂戴する。

父はもう中を見たくてウズウズしている。一応は客と一緒に客間へゆき、勿体《もったい》ぶって時候の挨拶などしているが、必ず口実をつくって茶の間をのぞきにくる。毎度のことで子供たちも成り行きが判っているから、四人姉弟が雁首《がんくび》を揃えて食卓のまわりに坐っている。

「お土産が気になって寝られないんだろう。しようのない奴らだなあ」

不承不承といった感じで、気ぜわしく羽織を着替えたり酒肴《しゅこう》の支度をしている母を呼び立て、

「早く見せてやりなさい」

自分は悠然と敷島の袋から一本抜き、口にくわえて火をつける。

母は仕事の丹念な人である。

菠薐草《ほうれんそう》一把洗《わ》うのでも、一本一本根本の赤いところから洗い上げ、キチンと揃えて笊《ざる》に

ならべないと気のすまないというたちである。こういう場合でも、ゆっくりと紐をほどき、ほどいた紐を二つに折り、或いはくるくると手に巻きつけて始末する。次に自分の髪からピンを抜き、じれったくなる位丁寧に包み紙をはがすのである。

母にしてみれば、丁寧にあければ、万一蒸し返す時に便利だと思うのだろうが、癇癪《かんしやく》持ちの父は、もうこのあたりで、こめかみに青筋を立て、あぐらを組んだ足はいつも貧乏ゆすりをしていた。

子供心に、どうしてこんなに性格の違うのが夫婦になったのかと思っていたのだが、私はどうやら父親似らしく、結婚式やパーティなどで引出物を戴くと、もう一刻も早く中を改めたくて我慢が出来ない。大抵の場合、会場から乗ったタクシーが走り出した途端、包み紙を破いて開いてしまう。いつぞやも、早速、引出物の花瓶を取り出し眺めていたら、信号待ちで並んだ隣りの車の中で、同じ花瓶を手にしていた初老の紳士がおいでになった。

我ながら浅ましいと思い、その次に招《よ》ばれた結婚式の時は、どんなことがあっても家へ帰るまでは引出物は見まいと心に誓ったのだが、芝のプリンス・ホテルから六本木まで我慢をしたら、ご不浄をこらえている時のように鳥肌が立ってきた。これでは体に悪いと思い、結局開いてしまった。

長靴や引出物ならまだいいが、喪服ともなると問題である。早く着たいということは、知り合いの不幸を待つのと同じではないか。そんなにまで新調の衣裳を着たいのか、人に見せびらかしたいのか。女とは何と度しがたい業《ごう》を持っているのだろうと思った。

そういえば、葬儀の時に、小さなことだが気持にひっかかることがある。

遺族の、それも、亡くなった人に近い女性がいま美容院から帰りましたという風に、髪をセットして居並んでいると、焼香をしながら、胸の隅に冷えるものがある。

死を嘆き悲しむ気持と、美容院の鏡の前でピン・カールをしたりドライヤーに入ったりする動作と時間は、私の中でどうしてもひとつに融《と》け合わないのである。

だが、人のことはいえない。

私は、新内《しんない》を聴く小さな集まりにこの服を着て顔を出し、自分の気持にケリをつけた。

初秋にしては肌寒い雨の晩で、横なぐりに降る雨が新調の喪服を濡らした。


暮も押し詰った十二月の、たしか朝の九時頃だった。

放送作家の先輩城悠輔さんから電話があった。こんな時間におかしいな、と思いながら人づきあいのいい城さんのことだから、何か楽しい仲間うちの集まりのお招きかなとも思い、「お元気ですか」とつい弾んだ声を出してしまったのだが、受話器の向うの声は重く沈んでいた。

「津瀬宏がゆうべ亡くなりました」

不慮の事故による急逝であった。

私は、しっぺ返しをされたような気がした。

津瀬さんは私より二歳年上で同業の先輩である。十二、三年ほど前の一時期、私はこの方とラジオ番組をご一緒したことがあった。男らしいなかに細やかなところがあり、新米の私はよく引き廻して頂いた。プロデューサーもまじえて、新宿でお酒をご馳走になったことも何度かある。

私は津瀬さんの描く「戦中派のお父さんの世界」が好きだった。夕方、タクシーに乗ると、津瀬さんの書いている「小沢昭一の小沢昭一的こころ」にダイヤルを合せてくれるように運転手さんに頼むこともあった。

私は四十年にわたって、欠点の多い父の姿を娘の目で眺めてきた。

津瀬さんはご自分の体験も織りまぜて、向う側から、私の反対側から父親というものを描いてみせて下さった。

娘には判らなかった父親の気持が、さりげない謎解きの形でちりばめられていた。

私がラジオからテレビにくら替えしたこともあって、すっかりご無沙汰になってしまったが、一度そんな話でもしながら、昔行った新宿の花園街でもご一緒したいなあ、と考えていただけに、葬儀の日取りを伺って電話を切ったあとも、しばらくは仕事が手につかず、ソファに坐ってぼんやりしていた。

新しい喪服を洋服簞笥に仕舞う時、出来たらこれを着てゆく一番はじめの不祝儀は天寿を全うされた方か、あまり縁の深くない儀礼的な葬儀であって欲しいと思っていた。

まさか、頼もしい兄貴分と思っていた津瀬さんの葬儀に着てゆく羽目になるとは思わなかった。申しわけないような、やり切れない気持だった。

翌日が告別式だったが、この日も雨であった。

神楽坂のお寺には、雨に濡れた黒い傘と黒い喪服の長い列がつづいた。焼香の列に並びながら、私は、津瀬さんの菩提寺なのであろうこの禅宗のお寺が、モダーンなコンクリート造りなのが少しばかりさびしかった。祭壇の飾られた六角形の禅堂の中から弔詞《ちょうし》を読む小沢昭一さんの声が流れてくる。それを聞きながら、津瀬さんの作品を思い出していた。

妻の留守に父親が子供のおむつを取り替えなくてはならない羽目になる。赤んぼうは女の子で、父親は、我が子ながら、そのことにも当惑している。それに肝心の替えのおむつが見当らない。

「靴下では小さすぎる。

ハンカチでもまだ小さい。

テーブル・クロスでは大きすぎる」

十何年も前の、たった一度聞いたラジオ番組なのに、私は不思議にここのところだけはっきりと覚えている。豪快な笑いと飲みっぷりで、梯子酒《はしござけ》をしていた津瀬さんのもうひとつの顔が、テレ屋でやさしい父親の姿が見えてきた。

四人の子供のおむつをただの一度も取り替えたことがなかったという私の父。そういえば、末の妹が生れてすぐだから、私が小学校三年の時だろうか、父が顔をしかめながら、汚れたおむつの端を指先にひっかけて湯殿の方へ歩いてゆく姿を見た覚えがある。恐らく父は、あのあと、盛大にシャボンの泡を立てて手を洗ったに違いない。そういえば、手を拭くタオルもお父さんだけは別だった――。

不意に境内《けいだい》に魚を焼く匂いが流れてきた。アジの開きかなにからしい。昼過ぎの、時分どきなのだから仕方がないとはいえ、しめやかな読経や弔詞にはやはり似つかわしくない。困ったなと思ったが、ふと思い返す気になった。津瀬さんは、許すだろう。コンクリートの禅堂も、お寺の隣りから流れるアジの開きを焼く匂いも、みんなあの独特の笑いで許してくれるだろう。そして、こういう情景を一番みごとに描けるのは、私などではなく、津瀬さん本人であることにも気がついた。

祭壇の上の津瀬さんの写真は、黒いリボンに囲まれて真面目な顔をしていた。その横の、美しい夫人とならんで、あの日の、赤んぼうのモデルであったに違いないお嬢さんが、みごとに成人されてならんでいた。

私の父は、六十四歳で心不全で死んだ。いつも通り勤めから帰り、ウイスキーを飲み、プロレスを見て床に入り、夜中の二時頃、ほとんど苦しみもなく意識が無くなり、私が仕事場から駆けつけた時は、まだぬくもりはあったが息はなかった。

救急隊の人が引き上げたあと、家族四人が父のまわりに坐った。誰も口を利かず、涙も出なかった。弟が母にいった。

「顔に布を掛けた方がいいよ」

母は、フラフラと立つと、手拭いを持ってきて、父の顔を覆った。それは豆絞りの手拭いであった。母の顔を見たが、母の目は、何も見ていなかった。弟は黙ってポケットから白いハンカチを出し、豆絞りと取り替えた。

母はそのことを覚えていないようであったが、葬儀が終り、一段落した時そのはなしをするとさすがにしょげていた。

「お父さんが生きていたら、怒ったねえ。お母さんきっと撲《ぶ》たれたよ」

笑いながら大粒の涙をこぼした。

子供の欲目かも知れないが、母も人並み以上に行き届いた人だと思う。だが、父があまりにも癇癪もちで口うるさいので、叱られまいと緊張するのだろう、ここ一番という時に限ってよくしくじりをした。

お正月の支度を手落ちなく整え、一家揃ってお雑煮を祝おうという時に、ちょっとしたものを取ろうと踏台に乗り、手にしたものを取り落して金屛風《きんびょうぶ》に穴をあけ、元旦早々父にどなられるといった按配《あんばい》である。

息を引き取った父の顔にかけた豆絞りの手拭いもそのたぐいの失敗であろう。若い時は、お母さんも気が利かないなと思っていた。だが、この頃になって気がついた。父は、母のこういう所を愛していたのだ。

「お前は全く馬鹿だ」

口汚くののしり、手を上げながら、父は母がいなくては何も出来ないことを誰よりも知っていた。

暗い不幸な生い立ち、ひがみっぽい性格。人の長所を見る前に欠点が目につく父にとって、時々、間の抜けた失敗をしでかして、自分を十二分に怒らせてくれる母は、何よりの緩和剤になっていたのではないだろうか。

「お母さんに当れば、その分会社の人が叱られなくてすむからね」

と母はいっていた。

思い出はあまりに完璧なものより、多少間が抜けた人間臭い方がなつかしい。津瀬さんの葬儀に漂ってきたアジの開きを焼く匂いは、臨終の父の顔にのっていた豆絞りの手拭いと共に、忘れられないものになりそうである。

私の住まいは青山のマンションだが、すぐ隣りはお稲荷さんの社《やしろ》である。

大松《おおまつ》稲荷と名前は大きいが、小ぢんまりしたおやしろで、鳥居の横にあまり栄養のよくない中位の松がある。

七年前、マンションに入居した最初の晩に、お隣りさんでもあることだし、ご挨拶をして置こうと、通りかかったついでに鳥居をくぐったのだが、小さな拝殿のすぐ横が、社務所になっていて、取り込み忘れた股《もも》引《ひ》きが、白く突っぱって木枯しに揺れていた。よく見ると、股引きの下っているビニールのひもが、キツネのしっぽとさい銭箱の間に張ってあるのである。これでは、お稲荷さんを拝むのか股引きを拝むのか判らなくなってしまう。興ざめして、出しかけたおさい銭を引っこめて帰ってきた。

はじめに「そびれる」と、どうもあとはその気分が尾を引いてしまう。それと、神様や仏様というのは、自分の住まいと離れて、少し遠い方が有難味が湧く。

すぐ隣りが神様というのは御利益《ごりやく》がうすいような気がして、つい失礼を重ねてきた。

ところが、つい先だって通りかかると、初老の男性が、鳥居に寄りかかって靴を脱ぎハダシになり、ポケットからセロハンに包んだ黒い靴下を取り出し、正札《しょうふだ》を取ってはき替えている。黒い背広で喪章をつけていた。茶の縞《しま》模様の靴下をポケットに仕舞い、拝殿にちょっと頭を下げて出て行った。これから葬儀に行くのだ。

私は、何となく素直な気持になり、十円玉をひとつほうって、頭を下げた。隣りの神様を拝むのに、七年かかってしまった。

草津の犬

目は心の窓だといいます。

このごろは、この心の窓のまわりに黒い窓枠をつけたり、青いアイシャドオのカーテンをかけたり、窓を飾ることがはやっておりますが、窓の本当のよさは、内側からは、外の景色がよく見え、また外側からは、内側の、つまり窓の持主の精神の美しさが判る、ということではないかと思います。

目のことを考える時、目に浮かぶのは、草津で逢った一匹の犬です。

その犬は、白根山《しらねさん》から天狗山《てんぐやま》のゲレンデに抜ける途中のヒュッテに飼われていた犬でした。いや、本当に飼われていたかどうか、もしかしたら、彼は、そのへんののら犬であったのかも知れません。

白根山は、今でもそうでしょうが、私がスキーに夢中になっていた十五年前も、下からのリフトは長く、時間がかかり、ちょっと吹雪《ふぶ》いたりすると、もう、顔も手足も知覚がなくなるほど寒くなってきます。まつ毛はバリバリに凍りつき、鼻からは小さなツララをぶら下げてリフトをおりるということになります。

ここから、白一色の、林間の山道を下ってゆくためには、少し体をあたためないとアブないなあ、と思いながら、滑り出すと、雪の中にシュプールがついていて、それは、二、三分もすると、コーヒーやラーメンなど、あたたかいものを売るヒュッテに自然にたどりつくようになっていました。

そこの一番人気はブタ汁でした。当時、たしか五十円だったと思います。ストーブのそばで、フウフウ言いながらすするブタ汁は、たとえブタのスジ肉が三切れしか入ってなくとも最高でした。このスジ肉が何とも固いのです。モグモグやっていますと、必ず一匹の犬が私の前に坐ります。やせて見映《みば》えのしない雑種でした。彼は、私の口許をひたと見つめ、口を少し動かし、のどをごくりと言わせながら、三センチほど前へすり寄るのです。スジ肉が欲しいんだなと気がつきましたが、知らん顔をして嚙みつづけました。彼は、のどの奥で、クウ、と鳩のような声を立てました。それから、片肢《かたあし》を上げて、そっと私のスキー靴の上に置きました。

「ぼくが待っているんです。忘れないで下さい」といっているようでした。

もうやろうかな、と思いました。でも私は、我慢してもう少し嚙んでみました。彼は、体を、やわらかく私のひざにもたせかけるようにして、もう一度クウとのどをならしました。そのまっ黒い目は、必死に訴えていました。私は遂に負けて、肉を吐き出しました。こうして、私は三個ばかりの肉をみんな、彼にとられてしまいました。見ているると、肉をとられているのは私だけではありません。彼は豚汁を注文する客がいると、その前に坐って、ヒタと目をみつめるのです。

今、私の住んでいる青山にも犬は沢山います。でもみんな飼われた目をしています。いや、犬だけではありません。人もそうです。生きるために全身全霊をこめて一片の肉をねらい、誰に習ったわけでもないのに全身で名演技をみせたあの犬の目を、私は時々思い出して、いま私は、あれほど真剣に生きているかな、と反省したりしているのです。

マハシャイ・マミオ殿

偏食・好色・内弁慶・小心・テレ屋・甘ったれ・新しもの好き・体裁屋・嘘つき・凝り性・怠け者・女房自慢・癇癪持ち・自信過剰・健忘症・医者嫌い・風呂嫌い・尊大・気まぐれ・オッチョコチョイ……。

きりがないからやめますが、貴男《あなた》はまことに男の中の男であります。

私はそこに惚れているのです。

中野のライオン

朝、まだ郵便局があくかあかないかというときに、大きく口を開けた横手の門から、何十台という郵便配達の自転車が一斉に街に出てゆくのを見たことがある。

自転車はお馴染みの赤い自転車である。ふくらんだ黒皮の大蝦蟇口《がまぐち》を前に提《さ》げている。乗っているユニフォームは濃紺である。

もと郵政局と呼ばれていた麻布郵便局の、くろずんだ石造りの建物から、五台十台二十台と吐き出され、正面の大通りを、赤と黒の噴水のように左右に分かれて流れてゆく光景は、そこだけ外国の風景画に見えた。

風の強いのが難だったが、春先にしては暖かな、みごとに晴れ上った朝であった。そのせいか赤い自転車の大群には、これから仕事に行くというより、自転車レースに出走するような弾んだものがあった。乗り手はみな競輪選手のように大袈裟《おおげさ》に肩を左右にゆすり半分ふざけているように見えたが、それは前に提げた大蝦蟇口が重たいためだと気がついた。

蝦蟇口はいずれも呑めるだけ郵便物を呑みこんで、大きく口をあけているのもある。

突然、自動車の急ブレーキが聞えた。

郵便局の右正面に黒い乗用車が急停車し、少し離れたところに赤い自転車が一台、横倒しになっている。その横に濃紺のユニフォームのひとが、くの字に折れ曲った格好で倒れていた。その人は、のろのろと仰向けに体を伸ばし、片足を曲げて二度三度馬がひづめで地面を掻《か》くようなしぐさをしたが、そこまでで動かなくなった。黒い乗用車の運転席から、血の気が引いて真白い顔をした中年の男が飛び下りて、倒れた人を助け起した。

二人のうしろから、紙吹雪が起った。

口を開けた大蝦蟇口から、郵便物が突風にあおられて舞い上ったのである。

大判の紙吹雪は、嘘のように高く舞い上った。うしろにつながった車から二つ三つ警笛は聞えたが、すべてはほとんど音のない静かな出来ごとであった。

私は、ポカンとしながら郵便局の前に立っていた。この頃になると、反対側の車道に運ばれてゆく怪我人のまわりに人垣が出来た。舞い下りて車道に散らばる郵便物を拾いに飛び出す人もあり、郵便局からも数人の職員が駆け出してきた。

ところがただひとり、私の見る限りではただひとり、そんな光景には目もくれず歩いてゆく人がいた。

五十がらみの女性である。

ごく普通の洋服を着た、ごく普通の主婦といった感じのその人は、大声で叫びかわしている職員や、人垣や、街路樹に引っかかり落葉のように足許に舞い下りてくる郵便物が全く目に入らないかのように、まっすぐ前を見つめ、ゆっくりとした歩調で六本木方面へ歩み去った。

知っていながら黙殺する、といった頑《かたく》なな後姿ではなかった。目か耳が不自由なのかとも疑ったが、そうでもないらしかった。考えごとでもしていたのか、路傍の交通事故など目に入らぬほどのなにかを抱えているのか、すれ違った程度の人間には見当もつかなかったが、いずれにしても、そのひとのまわりだけは空気が別であった。

飯倉方向から救急車のサイレンが聞えてきたが、その人はやはり振りかえりもしなかった。

七、八年前の出来ごとだが、現代百人一首にでも詠みたいような光のどけき春の日に、陽気に繰り出した赤い自転車の流れと時ならぬ紙吹雪は、今思い出しても嘘のように思える。しかし、一番嘘みたいなのは、まっすぐ前だけを見て歩み去った人である。

あれは一体、どういうことなのであろう。

これは二年ほど前のことだが、歩いている私の横に人間が落ちてきたことがあった。

季節は忘れてしまった。時刻は、私が夕方の買物に出掛ける時間だから、四時ごろであろうか。はっきりしない曇りの午後だったような気がする。

買物袋を提げて、街路樹のそばを歩いていた私の横に、ヒョイとと言うか、ストンというか、グレイの作業服を着た男が降ってきた。

腰のまわりの太いベルトに、さまざまな工具を差し込んだ三十位のその人は、つ、つ、つつじかなにかの灌木《かんぼく》の上に尻餅をついた格好で、私の顔を見て、

「エヘ、エヘ」

どこかこわれたような、おかしな笑い方をして見せた。

電線工事をしていて、墜落したらしい。三メートルばかり上に同僚がブラ下っていて、

「おう、大丈夫か」

とどなっている。

すぐには立てないようだが、大したこともないらしく、しっかりした受け答えをしているので、ほっとしたが、この時私の横をすり抜けて行った二人連れの男たちがいた。

後姿の具合では、かなり若いようだったが、この二人が、何か仕事の話をしながら振返りもせずに足早に通り過ぎてゆくのである。たった今、自分たちの目の前に男が降ってきたのが見えなかったのであろうか。

私は、人間が落ちてきたことよりも、むしろそのことにびっくりして、あたりを見廻した。子供の手を引いて歩いてくる主婦や、オート三輪が目に入ったが、誰ひとり上を見た

りこちらを注目する人はいなかった。

誰も気のつかない一瞬というものがある。

見えて不思議がないのに、見えないことがあるのである。

それが、ほんのまたたきをする間の出来ごとであったりすると、まさか十人が十人、一緒にまたたきをするわけでもあるまいが、十人いても、見逃すことがあるらしい。

この時も、私は何やら白昼夢を見た思いで、少しポカンとしながら帰ってきた。


つい先頃、『父の詫び状』と題する初めてのエッセイ集を出した。

その中の一章で三十四年前の、東京大空襲にあった夜のことに触れている。

まわりから火が迫った時、我が家の生垣は、お正月の七草が終った頃の裏白《うらじろ》のように白く乾いて、裏を見せて巻き上り、そこに火のついた鼠《ねずみ》が駆け廻るように、火が走った。まつ毛も眉毛も焦がしながら水を浸した火叩きで叩き廻って消したと書いたのだが、弟は、そんなものは見なかったというのである。

あぶなくなってから、弟は末の妹と、元競馬場という空地に避難したが、それまでは一緒であった。

裏庭にむしろを掛けて埋めてあったごぼうが、あたたまって腐ってしまうというので、防火用水用のコンクリートの桶にほうり込み、

しい。

「水が汲めないじゃないか。馬鹿！」

父に姉弟揃って頭をゴツンとやられ、あわてて取り出して地面に置き、二人並んでその上に腰をおろして、火で熱くなったモンペのお尻を冷やしたのである。その目の前の生垣で、赤い火のついた鼠が走ったのに、と言いかけたが、どうやら弟は、別のものを見たらしい。

縁側の角にトタンの雨樋《あまどい》があった。

防腐剤として茶色の塗料を塗ってあるのだが、そこに火が走ったというのである。塗料の濃いところが、チョロチョロ青く燃えた、あ、綺麗だな、と思ったというのである。

二つ年下の弟は、当時中学一年である。

私は、この青い火を見ていない。

二人並んで坐っていたのに、別のものを見ていたのである。

家族というのはおかしなもので、一家があやうく命を拾ったこの夜の空襲について、まじめに思い出ばなしをしたことは一度もなかった。次の日の昼、どうせ死ぬなら、とやけ気味で食べたさつまいもの天ぷらのことを、冗談半分で笑いながら話し合ったことはあったが、生き死にのかかった或る時間のことは、どことなくテレ臭くて、口に出さないままで三十幾年が過ぎたのである。

記憶や思い出というのは、一人称である。

単眼である。

この出来ごとだけは生涯忘れまいと、随分気張って、しっかり目配りをしたつもりでいても、衝撃が大きければ大きいほど、それひとつだけを強く見つめてしまうのであろう。


今の住まいは青山だが、二十代は杉並に住んでいた。＊日本橋にある出版社に勤め、通勤は中央線を利用していたのだが、夏の夕方の窓から不思議なものを見た。

場所は、中野駅から高円寺寄りの下り電車の右側である。今は堂々たるビルが立ち並んでいるが、二十何年か昔は、電車と目と鼻のところに木造二階建てのアパートや住宅が立ち並び、夕方などスリップやステテコひとつになってくつろぐ男女の姿や、へたすると夕《ゆう》餉《げ》のおかずまで覗《のぞ》けるという按配であった。

編集者稼業は夜が遅い。女だてらに酒の味を覚え、強いとおだてられていい気になっていた頃で、滅多にうちで夕食をすることはなかったのだが、その日は、どうした加減か人並みの時間に吉祥寺行きの電車に乗っていた。

当時のラッシュ・アワーは、クーラーなど無かったから車内は蒸し風呂であった。吊皮にブラ下り、大きく開け放った窓から夕暮の景色を眺めていた。

気の早い人間は電灯をつけて夕刊に目を走らせ、のんびりした人間は薄暗がりの中でぼんやりしている——あの時刻である。

私が見たのは、一頭のライオンであった。

お粗末な木造アパートの、これも大きく開け放した窓の手すりのところに、一人の男が坐っている。三十歳位のやせた貧相な男で、何度も乱暴に水をくぐらせたらしいダランと伸びてしまったアンダー・シャツ一枚で、ぼんやり外を見ていた。

その隣りにライオンがいる。たてがみの立派な、かなり大きい雄のライオンで、男とならんで、外を見ていた。


すべてはまたたく間の出来ごとに見えたが、この瞬間の自分とまわりを正確に描くことはすこぶるむつかしい。

私は、びっくりして息が詰まったようになった。当然のように、まわりの、少くとも私とならんで、吊皮にブラ下り、外を見ていた乗客が、

「あ、ライオンがいる！」

と騒ぎ出すに違いないと思ったが、誰も何ともいわないのである。

両隣りのサラリーマンは、半分茹《ゆ》で上ったような顔で、口を利くのも大儀といった風で揺られている。その顔を見ると、

「いま、ライオンがいましたね」

とは言えなかった。

私は、ねぼけていたのだろうか。

幻を見たのであろうか。

そんなことは、絶対にない。あれは、たしかにライオンであった。

縫いぐるみ、といわれそうだが、それは、現在の感覚である。二十何年前には、いまほど精巧な縫いぐるみはなかった。

この時も私は少しぼんやりしてしまい、駅前の古びた喫茶店でコーヒーを二はい飲んでから、うちに帰った。


この時ほど寡黙な人を羨しいと思ったことはなかった。口下手で、すこしどもったり、誠実そうな地方なまりの持主なら、

「中野にライオンがいるわよ」

「中央線の窓からライオンを見たのよ」

と言っても信じてもらえるに違いない。

ところが私ときたら、早口の東京弁で、おしゃべりで、おまけに気が弱いものだから、少しでも他人《ひと》さまによく思われたい一心で、時々はなしを面白くしてしゃべる癖がある。

寺山修司氏や無着成恭《むちゃくせいきょう》先生がおっしゃれば信じていただけるであろうが、私ではいつもの嘘ばなしか、暑気当りと片づけられるのがオチである。

「ルネ・マグリットの絵でも見過ぎたんじゃないの」

とからかわれて、証明出来ない一瞬の出来ごとを大汗かいて説明するのもさびしくて、私は今日まで誰にも話したことはない。

そのあとも、私は、中央線に乗り、例の場所が近づくと、身を乗り出すようにして外をのぞいたが、同じような窓が並んでいるだけで、アンダー・シャツの男もライオンの姿も見えず、その後中野方面でライオンが逃げたというニュースも聞いていない。

――しかし――

いまだに、あれはほんもののライオンとしか思えないのである。

人にしゃべると、まるで嘘みたい、と言われそうな光景が、現に起っている。それを五十人だか百人だかの人間が見ているのに、その中にいて、見なかった人間が、一人はいたのである。

屁理屈を言うようだが、百人見て一人見ないこともあるのなら、一人が見て百人が見なかったことだって、絶対にあり得ないとは言えないじゃないか。

歳月というフィルターを通して考えると、私のすぐ横にストンと落ちて来た工事人も、赤い自転車の噴水も、春の光の中のハガキの紙吹雪も、そして中野のライオンも、同じ景色の中にいる。

東京大空襲の夜の、チロチロと赤く走った火のついた鼠も、同じ顔をしてならんでいるのである。

　ここまで来たら、もうどっちでもいいや、という気持もある。記憶の証人は所詮自分ひとりである。他人さまにはどう増幅したり脚色したりして売りつけようと、自分ひとりの胸の中で、ほんものと偽物の区別さえつけて仕舞って置けば構いはしない、というところもある。

　そう思って居直りながら、気持のどこかで待っているものがある。

　実は、二十年ほど前に、中野のアパートでライオンを飼っていました、という人があらわれないかな、という夢である。絶対に帰ってこない、くる筈のない息子を待つ「岸壁の母」みたいだな、と思いながら、つい最近も中央線の同じ場所を通り、同じように窓の外に身を乗り出して眺めて来たばかりである。

＊一二五ページ。雄鶏社《おんどりしゃ》。後に新宿区に移転。（編集部注）

新宿のライオン

うちの電話はベルを鳴らす前に肩で息をする。

音ともいえぬ一瞬の気配を察すると、私は何をしていても手をとめ電話機の方を窺《うかが》う。

「凶か吉か」

心の中で、刀の柄《つか》に手を掛け、心疚《やま》しい時は言訳など考えながらベル二つで受話器を取るのがいつものやり方である。テレビ台本の催促でないと判ると、今度は私の方がほっと肩で息をする。

その電話が掛ったのは夕方であった。

アパートの玄関ポストに差し込まれた夕刊を引き抜こうとしたが引っかかって取れない。居間で電話が鳴っているので強く引っぱったら破れてしまった。裂けた夕刊を手に中ッ腹で電話を取り、尖《とが》った声で名を名乗った。

中年と思われる男の声が、もう一度私の名前をたしかめ、ひと呼吸あってからこう言った。

「実は、中野でライオンを飼ってた者なんですが」

咄嗟《とつさ》に私が何と答えたのか覚えがない。いたずら電話でないか確かめかけ、相手の声の調子で、これは本物に間違いないとすぐ判り、それでもまだ半分は信じられなくて、

「本当ですか。本当にライオンは居たんですか」

と繰り返した。

相手は、物静かなたちの人らしく、はにかみを含んだ訥弁《とつべん》で、「あなたの書かれたものを読み、当時を思い出して懐しくなり失礼かと思ったが電話をした。ライオンは確かに自分が飼っていた」と言い、岡部という者ですとつけ加えられた。

この電話のあった五日ほど前に店頭に出た別冊小説新潮（一九七九年春季号）に私は「中野のライオン」と題する小文を書いている。

二十年ほど前の夏の夕方、中央線の窓から不思議なものを見た——。

「私が見たのは、一頭のライオンであった。

お粗末な木造アパートの、これも大きく開け放した窓の手すりのところに、一人の男が坐っている。三十歳位のやせた貧相な男で、何度も乱暴に水をくぐらせたらしいダランと伸びてしまったアンダー・シャツ一枚で、ぼんやり外を見ていた。

その隣りにライオンがいる。たてがみの立派な、かなり大きい雄のライオンで、男とな

らんで、外を見ていた。」

　私はびっくりして息が詰まったようになり、まわりを見まわしたが、ならんで吊皮にブラ下り、外を見ていた乗客は誰ひとりとして騒がない。半分茹で上った顔で口を利くのも大儀といった風に揺られている両隣りのサラリーマンを見ると、「いまライオンがいましたね」とは言い出せず、ねぼけていたのか、幻を見たのか、いや、あれはまさしくライオンだったと自問自答を繰り返しながら、狐につままれたような気持になり、駅前の古びた喫茶店でコーヒーを二はい飲んでうちへ帰ったのである。

　ことがあれば面白おかしくしゃべり廻るところがあるのだが、これだけは親兄弟にもしゃべらなかった。中央線に乗って中野駅あたりを通過すると、記憶の底から鎌首をもたげることもあったが、それすら二十年の歳月のかなたに霞《かす》みかけていた。

　たまたま文章にしたものの、九十九パーセントは自信がないものだから、五十人だか百人が見た交通事故現場からそんなものは見もしなかった、という風に全く気づかず立ち去った一人の婦人のことを書き、百人見て一人見ないこともあるから、一人が見て百人が見なかったことだってありえないことではないと屁理屈をこねた。もうどっちでもいいやと居直りながら気持のどこかで待っているものがある。実は二十年ほど前に、中野のアパートでライオンを飼っていましたという人があらわれないかな、という夢である。絶対に帰ってこない、くる筈のない息子を待つ「岸壁の母」みたいだなと思いながら云々《うんぬん》と未練がましく書いている。

だが、言ってみればこれは言葉のアヤで、私は何も期待はしていなかった。「待っている」と書いたことすら忘れていた。だが、電話があったのである。「岸壁の母」の息子は、二十年ぶりに帰ってきた。中野にライオンはいたのである。

私は受話器を握ったまま、こみ上げてくる笑いを押え切れず、裂けた夕刊に顔を押しつけ声を立てて笑ってしまった。悲しくもないのに涙がにじんでくる。洟《はな》も出てくる。

岡部氏は、私の笑いの鎮《しず》まるのを待って、ポツリポツリと話して下すった。

ライオンは、もともとは新宿御苑のそばで「八《や》州鶴《しまづる》」という酒の店をやっていた岡部氏の姉上が飼っておられた。姉上が亡くなったあと、岡部氏が引き継ぎ、のちにライオンごと中野へ引越したのだが、私が見た当時は百キロ近い体重があった。詩人の草野心平氏がはじめられたバア「学校」が近かったこともあり、草野氏もライオンのことをご存知で、エッセイもあるから調べてみようとおっしゃる。近日中にぜひお目にかかってくわしい話を聞かせていただくお願いをして電話を切ったのだが、一番おどろいたのは、ライオンが牝《めす》だったことである。どこでどう取り違えたのか、私は記憶の中で、ライオンにたてがみを生やしてしまった。ＭＧＭ映画の見過ぎかも知れない。

電話を切ったあとも、私はしばらくぼんやりしていた。裂けた夕刊をつなぎ合せて目を走らせたが、活字は目に入らなかった。今日のトップ・ニュースより、二十年前に電車の窓から一瞬見た、いや、見たと思いながら、あれは幻だったのだと自分で打ち消していたライオンが本当にいた、私は間違っていなかったという方が、私には大きなニュースであった。

大吉を知らせる電話は、私に刀の柄に手を掛けるゆとりも与えず、いきなり真向唐竹《まっこうからたけ》割りにしたのである。

この電話が皮切りで、何人かの方から、中野のライオンに関するお知らせをいただいた。

芥川比呂志氏から、女優の加藤治子さん経由で、串田孫一氏がライオンのことを随筆に書いていらっしゃいましたよというメッセージをいただいた。追いかけるように、草野心平氏からも手紙を頂戴した。「新潮」の昭和三十五年九月号にのった「バア『学校』」と題する随筆が同封してあった。一節を抜萃《ばつすい》させていただく。

「麻布時代からいろいろ変った連中が、よくやって来たものだが、この一ヵ月間の常連の中では学校名『ライオン青年』が出色の方だ。本名は聞いたこともないし向うでも名乗ったことはないがライオンを飼っているというのでそう呼んでいる。彼の話によると酔払って帰ってライオンの檻に頭を突っこんだまま朝までぐっすりだったこともあるそうだ。目が醒めて気がつくと髪の毛がライオンの唾液でべたついていたという。今はそのライオンも一歳半だから子供だった時のよう[illegible]に包っこして寝るわけにも行くまい。この間は指の繃帯《ほうたい》から赤チンキが滲《にじ》み出していたがそれはその雌ライオンの牙にひっかけられたということだった。どうも彼の得意の話しっぷりではlove biteらしい。」

秋山加代さんからも電話があった。

故小泉信三氏のご長女で、『辛夷《こぶし》の花』の著者でもある名エッセイストだが、中野に住んでいた親友がやはりライオンをご存知だったという。

「あら、中野にライオンいたのよ」

その方は、あわてず騒がず驚かず、ごく当り前のようにゆっくりとこう言われ、酒屋さんのウインドーに寝ていた、白昼夢を見るようであった、中央線の窓から、ガラス越しにライオンの影がうつるのを見たこともある、とつけ加えて下さったそうである。

その頃、私は笑ってばかりいた。片っぱしから友人に電話をかけ、中野にライオンがいたと報告し、二十年前の、一・五の視力を自慢した。

五月に入って、新宿で一夕《いっせき》ライオン青年とお目にかかる段取りが整った。バア「学校」の経営者で、ライオンをご存知の山田久代さんも同席して下さるという。こういう日は、朝から仕事にならない。それでなくても猫科のけだものが好きで、いい年をして動物園へゆき、ライオンや虎、チータ専門にのぞいてくるという人間だから、まるでライオンと逢い引きでもするような気持で、美容院にいったりして日暮れを待った。

待ち合せ場所は、新宿の「すゞや」である。少し早目に行ったので、ゆっくりと歩きながら時間をつぶしていたら、三十ぐらいのサラリーマン風の男に声をかけられた。

「メシでも食いませんか」

お茶に誘われたことはあるが、食事というのは恥かしながら初めてである。日頃は目付きも悪く、女として愛嬌のない方だが、心たのしいことがあると、どこかにあらわれるものと見える。一瞬の隙《すき》を突いた相手は、ハンターとしてはなかなかの腕であろう。

「せっかくだけど、これからライオンと逢うの」

言いはしないが心の中で呟いて、丁寧に会釈をかえしてご辞退をした。

ライオン青年は、二十年前の「三十歳位の、やせた貧相な男」は、礼儀正しい長身色白の中年紳士であった。ロシア語の通訳をされ、最近もモスクワへいってこられたばかりだそうだが、ライオンというよりツンドラをゆく静かな牡鹿《おじか》という方が似合っていた。二十年前は二十三歳である。「ダランとしたアンダー・シャツでぼんやり外を見ていた」――と書いた失礼を詫びると、「当時はみんなそんなものですよ」――笑って勘弁して下さった。

牝ライオンは、名前をロン子といった。はじめは猫ほどの大きさだったが、見る見る大きくなった。今ほど猛獣を飼う規制はやかましくなかったが、それでも人目があるので、滅多にガラス戸を開けたことはなかった。夏場でもあり、水浴びをさせたあと、ごく短い時間、窓をあけたのだが、その時、偶然、見られたのでしょう、と、私の視力をほめておられた。

ご一緒して下さった山田久代さんとこのライオンのなれ初《そ》めがまた面白い。

バア「学校」のオープンにそなえて、買出しに行った。荷物の重さに耐えかね、どっこいしょとおろして一休みしたところが、ライオンのいるショーウインドーの前で、腰がぬけるほどびっくりした。それが縁で、飼主の岡部青年が、「学校」の常連となり、草野心平氏に可愛がられ、おつきあいが続いて今日に到っているというのである。岡部ライオン青年のお嫁さんの世話もされたという山田久代さんは、私より少しばかりお年かさだが、この方も長身美貌でいらっしゃる。長い間、草野心平氏の秘書役をつとめられただけあって、闊達《かったつ》俊敏、血の熱い情の濃い、そういえば、この方こそ牝ライオンというにふさわしくお見受けした。

この方の亡くなった姉上と、私の縁つづきの者との間に、半世紀近い昔に大ロマンの一幕があったことを知り、ライオン印の運命の糸の不思議さにもう一度びっくりした。

お二方とも酒が強い。初鰹《はつがつお》を肴《さかな》に、盃を重ね、二十年昔のライオンを語り、ライオンと共に棲《す》んだ新宿御苑界隈《かいわい》を語り、またライオンにもどった。

ロン子の檻の中に、酔ったトビ職が入りこみ、けがをしてしまったこと。檻の外で同じ高さに四ツン這いになりぐるぐる廻ってやると一番喜んだこと。大きくなっても安心してキスをさせたこと。せまい中で飼っていたので佝僂《くる》病になり、多摩動物公園で預ってもらったが六歳で病死したこと。

新宿御苑前の二十年前にライオンのいたあとは、今は銀行である。

「このへんにいたんですよ」

説明をして下さる岡部氏も感慨無量といった面持《おももち》である。こんなことでもなければ、逢うこともなかった三人は、すぐそばにあるバア「学校」へ席を移した。一頭のライオンが、初対面のこわばりや遠慮を無くしてくれた。

岡部氏は、ロン子に引っかかれて肉を持ってゆかれた指の傷あとを見せて下さった。

幸いのうすかった姉上について語られ、また同じように生涯配偶者をもつことなく仔を生むことなく終ったロン子を、可哀そうな奴でしたと言われた。

「あいつは、ただの一度も吠えなかった」

だから街なかで飼えたのでしょうと、かなしく笑われた。可愛くもあったが、腹立たしかった、辛かったですよ、ともいわれた。ライオンを自分に押しつけた格好で死んでしまった姉を恨んだこともありましたと率直にいわれた。目がうるんでいるように見えた。

私が飼っているのは、三匹の猫だが、それでもこの言葉には全く同感である。思い切り走りたかろう、木に登り、争い、獲物を追い、時には命からがらの危険な思いもしてみたかろうと思う。体重四キロの猫にして正直そう思うのだから、百キロの百獣の王であれば尚更のことであったろう。心やさしいいい飼主でいらしたのだな、と、思った。

その夜、私達はライオンを語りながら、自分たちの二十年昔を、青春を懐しみ語り合ったのかも知れなかった。おたがいにまだまだ若く力もあり、無茶苦茶で相手かまわず嚙みついていた。新宿も中野もまだ夜は暗く、これからという活気があった。

私は私で、一瞬の視線の正と誤を考えないわけにはいかなかった。牡《おす》だと思ったライオンは、牝《めす》であった。

見えなかったが、ライオンのまわりには鉄の格子があった。電車の窓から見当をつけた場所も少し違っていた。二階だと思ったのは一階であった。

長い間、開かない抽斗に閉じこめておいた古い変色した写真を取り出して、加筆修整をしなくてはならないのだが、不思議なことに、記憶というのはシャッターと同じで、一度、パシャッと焼きついてしまうと、水で洗おうとリタッチしようと変えることが出来ないのである。

私のライオンは、やはりたてがみの立派な牡である。佝僂病なんかではない、動物園にいるよりMGM映画のタイトルより立派な牡ライオンである。大きく開け放した窓の手すりのところに、檻になど入らずに坐っている。

そのそばに、若い男がいる。

逢ってしまったのが因果で、この男の顔は、見てきたばかりの岡部氏に似ている。申しわけないが、やはり記憶の通りやせた体にダランとのびたアンダー・シャツを着ている。温厚な岡部氏は、あからさまにはいわれなかったが、「そんなの、着た覚えないなあ」といわれたところを見ると、このへんも記憶違いらしい。本人はご不満のようだが、二十年もたつと、今更脱がすことは出来ないのである。この写真は、間違ったまま、もう一度焼直され陽《ひ》の目を見る形になってしまった。

それにしても、たのしくも不思議な一夜であった。あと二十年か三十年したら、耄碌《もうろく》した私はこんなことを言うかも知れない。

「昔、新宿でライオンとお酒のんだことがあったのよ」

胸毛

胡椒《こしょう》を使うと必ずくしゃみをする。

それも胡椒を振った時には出ないで、料理を食卓に運ぶ頃になって号砲一発、とてつもなく大きいのが出るのだから始末が悪い。

これはわが家の女系の象徴なのである。

「女の癖になんだ」

何度父がどなっても、母のこの癖は直らなかった。長女の私にも同じ病いがあると判り、遂に父もどなりくたびれたらしいが、この父も他人様の倍はあろうかという大音声《だいおんじょう》なのである。

どちらかといえば我が家は騒々しい一家であった。父は大声でよくどなり母は笑い上戸《じょうご》であった。よく笑いよく泣き、よくしゃべりよく食べる嵩《かさ》の高い家族であった。

そのせいか女学生時代隣りに住んでいた大杉さん一家は、不思議な家族に思えた。

とにかく音を立てないのである。

いつ起きたのか気がつくと雨戸があいている。年頃の子供たちもいるのに、いつ出掛けていつ帰ったのか気配も判らない。うちの母が陽気な鼻唄まじりで朝の大洗濯を済ませ、二竿《さお》か三竿の洗濯物が風に飜《ひるがえ》る頃、隣りは洗った下駄が一足か二足、生垣に引っかかっているだけなのである。台所から出るごみも少ない。電灯も暗い。人の出入りもほとんど無い。

日曜の朝というと意地悪のように早起きする父は、雨戸の閉ったお隣りをのぞいては、母に言っていた。

「おい、大丈夫か」

威張る癖に臆病な父は、お隣りが一家心中でもしているんじゃないかと気を揉《も》んでいるのである。

祝日には几帳面《きちょうめん》に日の丸が立ったが、旗はねずみ色であった。知らないうちに息子さんは就職し、知らないうちに娘さんは結婚されたらしかった。

つきあいらしいつきあいもないままでうちは父の転勤で引っ越しをしたのだが、十年ほど後で、母はこの家の夫人と偶然道で出逢った。向うから駆け寄ってみえ、実に懐しそうな挨拶があったという。そういえば祖母の葬式を出した時も、心のこもったお悔みがあった。今から考えると、いいお隣りさんだったと、三十五年もたって母は言っている。私もそう思うのだが、どうしてもこの家族の顔が思い出せない。揃って中肉中背。声の小さい一家であったというほかは、記憶に残っていないのである。

思い出せる顔と思い出せない顔がある。

お雛《ひな》さままでも内裏《だいり》様は目鼻立ちがすぐ目に浮かぶが、五人囃子《ばやし》となると薄ぼんやりして見当がつかない。滝口さんも五人囃子のクチであった。

滝口さんは速記者である。

私は二十代の十年間、映画雑誌の編集部で働いていた。月に一度、映画評論家や俳優を招いて座談会をする。滝口さんはその時だけお願いする人であった。

年の頃は三十二、三。瘦《や》せて小柄であった。目も鼻も口も、声も小さかった。声の小さい人はノックも小さい。誰かが鉛筆のお尻でデスクを叩いているな、と思うとそれが滝口さんのノックだった。お化けのようにスーと音もなくドアがあき、一呼吸あって、悪いことでもしたみたいなオドオドした滝口さんの顔が覗くのである。

風采《ふうさい》も上らなかった。

真白なワイシャツを着ていたのを見たことがなかった。いつもハッキリしない色の背広にハッキリしない色のシャツを着ていた。紺とかグレイとか一色に決めるのが面映《おもは》ゆいので、両方の色を少しずつ混ぜてしまうようにみえた。

座談会が終ると速記者にもお膳が出る。これに滝口さんは手をつけなかった。「胃が悪いので」と頑《かたくな》に辞退をした。二、三度続くと当り前になった。言いにくいことだが、これは予算の乏しい小さな出版社にとっては、助かることであった。

まだテープレコーダーが普及していない時分でもあり、滝口さんの腕は抜群であったから、私たちはまず滝口さんの都合をたしかめてから座談会の日取りを決めるほどであったが、いつも隅っこに坐り、無口で、気がつくと居なくなっているこの人を、常連の評論家も私たちも、どことなく軽くみているところがあった。

梅雨の頃だったと思う。急に座談会の時間がズレて、私は滝口さんと一時間ほど喫茶店で時間をつぶす破目《はめ》になった。

席につく時、滝口さんの持っていたハトロン紙の袋が雨に濡れて破れ、カメラの専門誌が床に落ちた。滝口さんはカメラ雑誌の常連入選者であった。それがキッカケで、私は滝口さんの意外な側面を聞き出すことが出来た。何百鉢という蘭を育て、その方面ではプロであること。三人の子持ちであること。ヴァイオリンを弾くこと。

出るのはため息であった。

「人は見かけによらないわねえ」

「そうですよ」

若気のいたりとしか言いようのない言い草を咎《とが》めもせず、滝口さんは気の弱そうな目で笑うと、ハッキリしない色の開衿《かいきん》シャツの、衿元《えりもと》までキッチリとかけたボタンをはずしてみせた。

物凄い胸毛であった。

黒い剛毛が、肋《あばら》の浮き出た貧弱な胸に渦巻いていた。私は声も出なかった。

滝口さんは、貧しいおかずの弁当を持ってきた小学生が弁当箱の蓋《ふた》だけ持ち上げて素早く食べるように、はた目を気にしながら、また衿元までボタンをかけた。

「似合わないものが生えてるもんで」

いつものの、聞きとれないほど小さい声であった。


本当にこわいのはこういう人だなと思う。大騒ぎする人間は大したことないのである。現になにかといえば大声を出していたうちの父は六十四歳でポックリ死んでしまい、残った四人の子供も繁殖力あまりよろしからず、孫は二人である。音無し一家の大杉さんや遠慮しいしいドアを開けていた滝口さんには到底及ばないであろう。日本の人口が殖《ふ》えたのは、こういう人たちのおかげである。万葉集にも「ことあげせずともとしは栄えむ」とあるそうな。そういえば超人哲学を唱えたニーチェは、小男だったと聞いたことがある。

胸毛が生えていたかどうか、それは知らない。

青い目脂《めやに》

八百屋に行くと逢う人、花屋でだけ逢う人というのがいる。その老婦人は、銀行で逢う人であった。

七年前に初めて見かけた時、あ、誰かに似ていると思い、そうだ轟夕起子《とどろきゆきこ》だ、轟夕起子が生きていたら、こんな感じのお婆さんになっていたに違いないと気がついた。

本ものの轟夕起子は、姿勢と歩き方の綺麗な人だったが、銀行の轟夕起子はそこのところもよく似ていた。髪こそ半白だがまだ充分美しかった。洋服の趣味もよく、物腰には品格とユーモアがあった。こういう風に年を取りたい、と私は遠くから眺めていた。

ところが、今年に入って急にいけなくなった。

髪はザンバラになり背中が丸くなった。服装もチグハグになり、毛玉の出たセーターの肩に、白髪の脱け毛が何本もついているようになった。椅子に腰をおろすと、膝頭が開いている。ポカンとして、口をあいていることもあった。この頃から、よく行員に文句をいうようになった。

朱肉が乾いている。備えつけのボールペンの出が悪い。伝言板の古いのが消してない。私よりあとから来た人が先に呼ばれるのはどういうわけなの――。

くどくどと吐言《こごと》を言う彼女の、スカートのヘム（折り返し）が大きく垂れ下っている。

もう轟夕起子には似ていなかった。

ジャン・マレエと同じエレベーターに乗り合せたことがある。

これは似ている人ではなく、正真正銘、本ものである。二十年近く前だと思う。私がまだ映画雑誌の編集の仕事をしていた頃で、ジャン・マレエは、自分の主演映画の宣伝に来日したのではないかと思う。

ホテルでエレベーターに乗ったら、中にジャン・マレエが一人で乗っていたのである。向う様は全くご存知ないのだが、私から言えば、この人とは奇妙なご縁があった。

この二、三年前に、私たちの映画雑誌でフランスのスターにファン・レターを出そうという企画ものをやったことがある。当時人気絶頂だったジェラール・フィリップやフランソワーズ・アルヌールなど七人のスターに宛てたファン・レターを募集する。当選した手紙を仏訳してスターに届け、返信と一緒にそのスターが身につけていたネクタイやスカーフを当選者に贈るというプランである。

フランス映画全盛時代でもあり、まだ外国製品がこんなに街に溢れていない頃だったから、かなりの反響があった。

数は来たのだが、どうも内容が面白くない。あの映画のあなたは素敵でした、憧れています、一本槍である。これでは記事にならないというので、私は編集長にいわれてジャン・マレエ宛てのファン・レターの代作をしたのである。

正直言ってジャン・マレエは好きでなかった。全身イボもホクロもありませんという感じで胸を張っているこの人より、頼りなげなジェラール・フィリップの方がいいと思ったが、これも月給のうちである。私ははたちの女の子になって、あまりミーハーでもなく、さりとて凝り過ぎぬようかなり苦心をして手紙を書いた。

ひと月ほどして、返事がとどいた。

この企画の仲介をして下すった日仏半官半民団体のオフィスに受取りにゆくと、代表の——この方はフランス人の血が混った温厚な中年の紳士であったが、ちょっと困ったような顔をされた。

一通だけ具合の悪いのがあるという。ジャン・マレエからの返事であった。かまいませんから、ありのままを直訳して下さいとお願いした。

「貴女《あなた》の手紙は虚偽に満ち満ちている」

この書き出しの一行は、*日活国際会館の、お濠が見える角の部屋で、申しわけなさそうに読んで下すった代表者の横顔と一緒にはっきり覚えている。

「真実のない讃辞は不快である。日本人は映画の見方を間違えているのではないか」

手紙は最後まできびしいものであった。

日本が好きだとか、手紙を頂いて嬉しいとか、ほかのスター達が書いて来たような月並は一行もなかった。

身につけた物も頂戴出来なかった。

お見事！　といいたいが、そうムキにならなくてもというところもあった。

「うちと費用折半で、オーデコロンでも買いますか」

気を揉むムッシューに、実は私の代作ですと白状すると、彼は「オウ」とフランス式に手をひろげ、立ってコーヒーを煎《い》れながら、こう言われた。

「ジャン・コクトオにきたえられてますからなあ」

そのご本人と、狭い箱の中に乗り合せてしまったのである。

許さぬ人は、毅然《きぜん》として立っていた。

乗り込んできた背の低い日本の女の子には目もくれなかった。エレベーターに石膏を流し込み、型をとったら、そのまま銅像になった。赤ら顔で少しむくみ加減のせいか、アポロというよりフランスの仁王様といった方が近いように思えたが。

顔立ちは、こちらが気恥しくなるほど端正であった。人はこういう顔立ちに生れたら、ああいう風にハッキリ物がいえるのかも知れない、と思いながら、牛のように大きな彫りの深い目のあたりを見た。目頭《めがしら》に大きな目脂がくっついていた。

この間、朝のテレビ番組に顔を出した。

テレビの脚本を書きたいという女性が増えているので、それについて何かひとこと言ってほしいというのである。時間が短いこともあり、意を尽せなかったのできまり悪く思いながら、うちへ帰ってヴィデオ・テープにとってあった自分の姿をもう一度見てみた。

司会者が、放送作家になるコツは何ですか、とおたずねになる。少し困っている私の顔がうつる。次の瞬間、私は手をあげて目頭から目脂を取るしぐさをしているのである。頭の隅っこに、あの日の、エレベーターのジャン・マレエがあるのかも知れない。偉そうなことを言う前に、自分で気がつかないうちに、ひとりでに手が動いたとしか思えない。

年をとると、猫も犬も、人間も気むずかしくなる。人を許さなくなる。出来たら、ひとには寛大、自分には峻厳《しゅんげん》とゆきたいところだが、そうもゆかないのが老いだとすれば、せいぜいスカートの折り返しと目脂には気をつけなくてはいけないなと思ったりしている。

＊一四八ページ。一九七〇年に売却され「日比谷パークビル」に名称変更。その後二〇〇三年にビルを解体。跡地にはホテル「ザ・ペニンシュラ東京」が建設された。

キャベツ猫

犬や猫にも食物の好き嫌いがある。

以前うちで飼っていた犬は、アイスキャンデーに目がなかった。由緒正しい甲斐《かい》狛《こま》の牡で「向田鉄《てつ》」という強そうな名前を持っていたが、おもてにアイスキャンデー売りの鈴の音がすると、もう居ても立ってても居られなくなる。

「ウォーンウオンウオンウオンウオオンオン」

昼日中から奇妙な声で遠吠えをはじめる。おしまいの一小節は森進一のようなトレモロになり買って貰えるまで止《や》めないのである。キャンデー売りの方も心得たもので、うちの門の前に自転車を停めてチリンチリンとやっている。

夏場になると毎日のことだから、母も私も叱ったり知らん顔をしたりするのだが、結局は隣り近所の手前買わないわけにはいかない。鉄はピチャピチャ音を立てて舐《な》め、うす赤く染まった割箸を犬小屋の下に埋めてコレクションをしていた。

友人のところの猫は、桃の罐詰《かんづめ》を開けると嬉しさのあまり腰が抜けたようになるし、うちの猫は誰かが品川巻を食べていると、欲しくて欲しくて取り乱してしまう。ただし、食べるのは海苔だけで、煎餅《せんべい》の方は残してしまう。猫の分際で何という冥利《みょうり》の悪いことをするんだと、押えつけて口に押し込んだら、したたかに引っかかれて、その時の傷が鼻の頭にまだ残っている。

知り合いの大杉さんのところのシャム猫は変っていて、キャベツが大の好物である。台所の野菜籠の中のキャベツを見ても身悶《みもだ》えして啼《な》くというのである。

「キャベツ猫」

とからかっていたが、飼主の大杉さんの調査によると、これには哀しい物語があるという。この猫は街のなんとかケンネルというペット・ショップで買ったのだが、そこで茹でたキャベツを肉に混ぜた餌を与えられていたらしい。猫は生後二カ月から三カ月で売らないと新しい飼主になつかない。売れ残りそうになると肉を減らしキャベツを混ぜて発育を遅らせ、血統書の生年月日のサバを読んでいたらしいというのである。

そういわれて見るせいか、キャベツ猫は柄《がら》の割りにヒネていた。人の顔色を見い見い甘えているところがあった。

「おなかを出して掻かせていても咳払いをするとビクッとしているのが判るのよ。もとのところで人間を信用していないなあ、このキャベツは」

大杉さんもそう言っていた。

あるプロデューサーが、ある美人女優を評して、

「夜店のヒヨコ」

と言ったことがある。

子役からのし上り、美貌とカンのよさでゆるぎない地位を築いているのに、いつも何かにおびえている。キョロキョロして落着かない。社交的でざっくばらんで気取りがないから現場のスタッフにも評判がよく憧れる男たちも多いが、本当のところは不安で胸をドキドキさせながらまわりを見廻しているところがある。本当に笑ってはいないというのである。

私は二度ほどこの女優とテレビ局の喫茶室でお茶を飲んだことがある。彼女は私に椅子をすすめて席についた。それは喫茶室の入口を一目で見渡せる位置であった。

私の話に、こっちが当惑するほど過分に感心し相槌《あいづち》を打ち、美しい手つきでコーヒー茶碗をもてあそびながら、目は決して私だけを見てはいない、私にひたと目を向けていながら、時折入口の方に向って目が泳いでいる。顔見知りのプロデューサーやディレクター、タレントが入ってくると、さっと片手を上げ、指先と目の表情だけでちょっと挨拶する。

「お久しぶり」

「いいじゃない、その服」

「聞いたわよ……」

「あとで――ね」

私の話に感心しながら、どうもこんなメッセージを入ってくる相手に瞬間に伝えているらしい。手話というのは聞いたことがあるが、眼話というのは初めてであった。二度が二度ともそうであった。

私は天秤にかけられ、ないがしろにされたわけだから腹を立ててもいいわけだが、そんな気持になれなかった。むしろ、心を打たれた。彼女はこの姿勢で這い上ってきたのだ。おそらく恋人と一緒であっても、喫茶店で入口に背を向けて坐ることはないであろう。いつ何時《なんどき》、彼女にとって役に立つ人物が入ってこないとも限らない。見落してはならないのである。この人に心の安らぐ時があるのだろうか。この人の一番の好物はラーメンである。

「三日食べないと蕁麻疹《じんましん》が出るんですよ」

大女優はざっくばらんな口調で、あなたにだけ本当のことを白状するんですよ、という風に笑ってみせた。笑いながらも、やはり喫茶室の入口から目をそらしていなかった。

キャベツ猫は今年十三歳になった。

育ち盛りにキャベツを食べさせられたせいか、小柄でほっそりしている。そのせいか、お婆ちゃんになったがゼイ肉もなくすこぶる元気である。

三匹の若い猫と暮しているが、今でも一番先に餌を食べないと機嫌が悪い。生命力旺盛で、猫テンパーが猛威を振るい一緒にいた猫たちが全滅した時も彼女だけは生き残った。ひどい怪我をしてお尻っぺたに穴があき、大杉さん手製の「カレーと珈琲《コーヒー》」と染め抜いたパンツ（開店披露の布巾《ふきん》で作ったらしい）をはいていたが、三年目に肉がアガっていまは傷のあともない。

それにひきかえ、肉が好きで魚が好きでアイスキャンデーが好きだったうちの鉄は、二年でジステンパーに斃《たお》れてしまった。

彼はさる犬好きの名家で乳母日傘《おんばひがさ》で育ち、食べ馴れた自分の食器持参で、家族やお手伝いさんたちに涙で見送られて、うちへ貰われてきたのである。おっとりした性格でどこか諦めのいいところがあった。喧嘩もやれば強いのだろうが、「もういいや」というところがあった。さもしさが足りなかった。病気になった時、祈るような気持で口の中に押込んだ薬の粒を、面倒くさそうにプイと吐き出した。「もういいじゃないですか」という風に、私の膝の上で目を閉じた。運命に爪を立て、歯を食いしばって這い上るのは彼の趣味ではないようであった。

動物も俳優も、美食家より粗食の方が強いような気がする。ラーメンの好きな「夜店のヒヨコ」――いや大女優も勿論《もちろん》健在である。

箸置

物を書くのを仕事にしている女友達が、四十をだいぶ過ぎてから遅い結婚をした。連れ合いのひとも苦労人で理解があり、子供もないことだし彼女は仕事と家庭の両方を、はたから見ていても、なかなかみごとに切り回していた。

三年ほどたって、彼女は仕事を少しずつ減らして、少しゆっくり暮したい、と言い出した。能力のあるひとだったから惜しいと思い、引きとめるようなことを言ってしまったのだが、この時の彼女の言葉は、私の胸に刺さるものがあった。

「箸置も置かずに、せかせか食事をするのが嫌になったのよ」

私はひとり暮しだが、晩ご飯だけは箸置を使っている。だが、夕刊をひろげながら口を動かしたりで、物の匂いや色をゆっくり味わうことはめったにない。これでは何にもならない。

ときどき箸を休めながら食事をする。それが人間の暮しだと言われたのである。

ポロリ

よそ様のお宅を訪問する。応接間に通されたが、身仕度《みじたく》に手間取っているのかあるじはなかなかあらわれない。しびれを切らして待つほどにやっとお出ましになった。椅子を立ちながら、

「お待たせいたしました」

と言ってしまった。

友人の失敗談だが、私も似たようなことをやらかしている。

知人のところでおしゃべりをしているうちに時分どきになり、引きとめられるままに食事をご馳走になった。近所に新しく出来た中華料理店の「中華風幕の内」が傑作だから出前を頼んだというのである。

ところが御自慢の「中華風幕の内」は、容《い》れものだけは物々しいが、おとといのシューマイの隣りに薩摩揚の甘辛煮が干からびたパセリを枕に寝そべっているという代物《しろもの》で、味

の方も傑作とは言い難かった。

　あるじはしきりと恐縮して、

「開店の時はこんなじゃなかったのに。今からこんな心掛けじゃ、一年保《も》たないわよ、あの店は」

　と罵《ののし》りながら口を動かしている。まさしくそうだと思いながらも、相手がそう出るとこちらは弁護側に廻るのが世の常というもので、

「おいしいわよ。叉焼《チヤシユウ》だって自家製じゃないの。厚さだって立派なもんだし」

　無理をしていいところを見つけて賞《ほ》め上げ、兎《と》も角《かく》食事を終えた。あるじは容器を下げながら、面目ないという風に頭を下げて、

「どうも」

　と言いかけた。私はひとりでに口が動いて、

「お粗末でございました」

　と言っていた。

　四方八方に精いっぱい目配りして、利口ぶった口を利いていながら、一瞬の気のゆるみか言ってはならないことをポロリと言ってしまうのは、私の悪い癖である。

口やかましい親に育てられたせいであろう、私は子供の時分は聞きわけがよく、こまっ

しゃくれた挨拶をした。お茶やお菓子も父が、「頂きなさい」というまでは目もくれないから、父は自慢でよく私を連れ歩いた。

お坐りやお預けを仕込まれた犬みたいなものだが、はじめての子供だから、父も賞められたさによく上役の家にも連れて行った。

父は、そのお宅で私にひとわたり芸を、つまり挨拶やお預けをさせ、

「さすがはお躾《しつけ》のいいお嬢さん」

と賞めそやされて得意になっていたところ、私はかなり大きな声で、こう聞いたそうな。

「お父さん。どしてこのおうちは懸軸《かけじく》がないの？」

直属の上司のお宅で父は赤っ恥を掻き、

「二度と邦子は連れてゆかないぞ」

と母に八つ当りをしていたそうだ。

空襲が烈《はげ》しくなった頃だったから、昭和も十九年か二十年であろう。

女学校に入ったばかりの私は、暗い茶の間でラジオを聞いていた。今でいえばニュース解説のようなものを男の人がしゃべっていた。まだ民間放送は開局していなかったからNHKである。

戦地で戦っている兵隊さんのことを考えて、食糧の節約にはげむように、というような

話が、時折雑音の入る旧式のラジオから流れていたが、

「日本の一年間の米の生産高は」

と具体的に数字を言いはじめた。

あれ、こんなことを言ってもいいのかなと思った瞬間、しゃべっていた人は、

「あッ」

と小さく叫んで絶句した。

「申しわけない。自分は大変な間違いを言ってしまった。今あげた数字は全くカン違いで、実際とは何の関係もないものであります」

というようなことを、しどろもどろになって、しつこいほど繰り返した。

私はこの時のラジオの形を、いまも覚えている。大きな置時計みたいな形で、スピーカーのところが茶色の絹張りになっており、古いせいか布がいたんで、たるんでいた。

あの数字は、多分カン違いではなく、事実であろう。どういう立場の何という人か知らないが、あとでどんなに叱られるだろうと胸がいたんだ。

戦局の切迫は子供にも判っていたし、防諜はやかましく言われていたから、このまま済むとは思われなかった。

このときうちにいたのは、どういうわけか私ひとりである。長いこと忘れていたが、考えてみれば私のほかにも三十五、六年前に同じ放送を聞き、アッと思った方もかなりいら

したのではないかと思う。
これも此《こ》の頃になって気がついたことだが、あの時つい
うっかりして、ポロリと数字を口走ってしまった人は、私と同じ「て」のお人であろう。いま、どこでどうしておいでになるのか、あのあと、どういう目におあいになったか、判ったら嬉しい。気持の隅で、今でも何となく気になっているのである。

此の間の高校野球の、あれは決勝の日であった。仕事をしながら、時々目を上げてテレビを見ていたら、ワッと喚声《かんせい》が上った。池田か箕島《みのしま》かどちらかに点が入ったらしい。

手を止めて画面を見ると観客席がうつっていた。地元の人なのだろう、一人の若い男が、抱いていた赤んぼうを頭より高く差し上げて躍り上って叫んでいる。赤んぼうは乳首のついた哺乳瓶《ほにゆうびん》を口にくわえたまま、父親に高く掲げられて泣きもせずにいた。

これも一瞬のことで、画面はすぐグラウンドの選手の方に切りかえられてしまったが、私はおかしくて仕方がなかった。

おっぱいを飲んでいる赤んぼうをほうり上げんばかりに喜ぶ若い父親も愉快だし、乳首をくわえて離しもせずにいる赤んぼうも、この父にしてこの子ありというかしっかりしたものである。

この若い父親も、もしかしたら、血液型は私と同じではないか。ワッとなったりカッと

なったりすると、押えが利かない。自分を偽ることが出来ずポロリと本心をさらけ出してしまう。

こういうタイプの人間は、絶対にスパイになれない。女房を離別して山科《やましな》に住み、綺麗どころをからかって腑抜《ふぬ》け呼ばわりされながら四十六人を率いて主君の仇を討つことも出来ないし、一国の宰相にもなることはないであろう。

だが、時々逢って、他人の悪口を言いながらお酒を飲み、あまり役に立たない相談相手になってもらう友人には、このくらいの人物が私にとってはちょうど頃合いなのである。

パセリ

サンドイッチやかにコロッケの横についているパセリを食べようとすると、

「およしなさい」

ととめる人がいる。

「パセリというのは使い廻しなんだ。誰の皿についたか判らないんだから」

さも汚ないという風に眉をしかめておいでになる。

そういえば、サンドイッチに寄りそうパセリに、ホワイト・ソースがくっついていることがある。その時だけはさすがの私も考えてしまったが、あとは何回目かのおつとめか知らないが、別に親の仇が嘗《な》めたわけじゃなし、ビタミンCもあることだからと、茎までいただいて、口中をサッパリさせることにしている。

衛生家というか懐疑派の人は、さざえの壺焼を前にした時も、決して軽々《けいけい》に、殻に口をつけて、たまったお汁《つゆ》をすする、などという真似はなさらない。

「あ、待ちなさい」

ひょっとこの顔で、殻のところへ唇を持っていっている私を手で制して、おもむろに自分の前のさざえの殻から身を取り出して、別の小皿に一列にならべてみせる。

「ほうら。ね。一個の半分も入ってないでしょう。見場《みば》のいい大きなさざえの殻は、底が抜けるまで何度も火の上に乗っけられて、客の前に出されるわけですよ」

鬼の首でも取ったように言われるが、そんなことは常識ですよ。一人前のさざえの壺焼に身をひとつそのまま使ったら、銀杏《ぎんなん》やかまぼこやおつゆが入る余地はないじゃないですか。女ならみんなそのくらい知ってますよ。知ってても黙っているんです。黙ってだまされているんです。その方がおいしく食べられるじゃありませんか、と言い返したいのを我慢して、ひょっとこの唇をもとへもどし、身をつまみ出して食べていると、だんだんと味気なくなってくる。さざえではないが、身も蓋もないという気がしてくる。

「いいや私は。誰かのよだれが入っていてもおいしいほうが」

と言いながら、わざと焼けた殻に唇をつけ、アッチッチとしなくてもいいやけどをしたりするのである。

こういう人は、間違ってもバーゲンで一本七百円のネクタイなどしていない。草木染かなんかの、渋くて凝ったものを、わざとはずして、ゆるく結んでいる。

背広も紺などという月並みな色ではない。

何のなにがしという、知る人に言えば知っている地方在住の作家に特に頼んで織らせたうぐいす色に七色とんがらしをぶちまけたような手織のホームスパンの替え上衣である。

名刺も、白いはらわたの透いて見える手すきの、端がギザギザになった特別誂えで、書体も平明（ヒラミン）だったりする。

封筒も、同じく凝ったものだし、切手も珍しいものを使っておいでのようだが、変型封筒に見合うものを貼ってないらしく、受取ったほうで不足料金を払わなくてはならなかったりする。

結婚式のスピーチなども、決して「おめでとう」だの、幾久《いくひさ》しくお幸せにだのという手《て》垢《あか》のついた言葉は使わない。

「めでたさも中位《ちゆうくらい》なり今日の宴」

とにかく、ひとひねりひねらないと納まらないのである。

見ていて大変だなあと思えてくる。人と同じ二十円のはがきを使い、そのへんで作ってくれる普通の名刺では駄目なのかしら、と思う。気のせいか、こういう人は、老けが早いような気がする。しわも白髪も人より早く、うしろ姿の怒った肩がさびしく見える。

この人はいつ頃からこうなったのだろう。赤んぼうのときから、変ったオッパイの飲み方をしたのだろうか。人と同じように「ウマウマ」といい、這い這いをしたり、たっちをしたりしなかったのだろうか。

細かいことには無頓着《むとんちゃく》な人がいる。

コーヒー・カップに口紅が残っていても、知っていて知らんプリをしているのか、気がつかないのか、平気で唇をつけている。会議などしていて、みんなで食事を取ることがある。出前持ちが間違えて持ってきたりしても、意地悪くとがめたりせず、勿論、持って帰れの、新しく持ってこいのなどとは絶対に言わず、

「一食ぐらい何食っても死なないよ」

間違えた分を自分のおなかに入れている。

こういうひとは、あまりお洒落でないことが多い。紺の背広に茶色の靴。時計はセイコー。百円ライターである。結婚式のスピーチなども、まあ月並みだし、趣味もゴルフ、マージャンである。ゴルフだけは嫌だね、と唇の端をゆがめて笑う、パセリを食べるなという男とは正反対である。

直属の上司が引越しをする。

紺の背広の方は、テレたり悪びれたりしないで手伝いにゆく。パセリの方は、わざと行かないで、次の晩、酔っぱらって手彫りの民芸調の表札を打ちつけに行ったりする。

大分前のことだが、四、五人の男性とあるバーで飲んだことがあった。すぐうしろの席に酒癖のよろしくないかたがおいでになって、何が気に入らなかったのか、いきなり私たちの上にビールをあびせかけたことがあった。

顔をひきつらせ中腰になったのは、パセリのかたであった。

紺の背広のほうは、頭から雫《しずく》をポタポタ垂らしながら、ずっと前から夕立の中を歩いているんだよ、という風に、顔色も変えず、平気な顔でホステスさんと世間ばなしに興じていた。

すぐそのあとで、パセリのかたは、隣りの席に侍《はべ》っていた店のマダムに、やや気の利いた皮肉を言っていたが、同じようにビールを浴びた私には、ボオッとして坐っている人の方が、大きく見えた。

自分にもそういう癖《へき》があるから余計そう思うのかも知れないが、隅っこが気になる人間は、知らず知らずに隅っこの方へ寄ってゆく。ちょっと見には無頓着に見えるようだが、小さいものを見ずに大きいものを見ている人は、気がつくと真中にいることが多いのではないか。

鮪《まぐろ》に生れた人は、ぼんやりしていても鮪なのだ。腐ってもステーキなのである。

刺身のツマや、パセリに生れついた人間は、凝れば凝るほどお皿の隅っこで、なくては物足りないが、それだけではおなかもふさがらずお金も取れない存在として、不平を言い言い、しおたれてゆくのだろう。

第三部　一九八〇〜八一年

襞《ひだ》

女学生と呼ばれた五年間をふりかえって、まず思い浮かぶのは、スカートの寝押しをしている自分の姿である。

まず布団を敷く。それから敷布団ごと、柏餅を二つ折りにするように折り畳んでおいて、畳の上にスカートを置く。スカートは紺サージである。慎重に前と後の襞《ひだ》を整え、そろそろと、整えた襞を乱さぬよう敷布団をのせなくてはならない。暗い六十燭光《しょっこう》の黄色い電灯の下で、夏はシュミーズ一枚、冬はパジャマの上に、セーターを、当時はガウンなどという洒落たものはなかったから、私は灰色にエンジを混ぜたセーターを着ていたが、そのセーターを羽織ってするのである。

あれは当時の女学生の夜の儀式であった。朝、目が覚めると、一番先に布団をめくって、スカートを調べた。寝相が悪かったせいであろう、襞に二本筋がついていることもある。おかしな具合に折れ曲がっていることも多かった。

「ああ、どうしよう」

朝から気持が潰れた。

たかがスカートの襞の一本や二本と思うのは、いま、大人になっての気持である。あの頃は、それが何かの目安だったのであろう。

襞はスカートだけではなかった。

体操の時にはくブルマーにもついていたが、こちらの方は、上と下にゴムが入っているので、敷押しというわけにはいかない。母に頼んでアイロンを借り、一本一本仕上げてゆくのである。

戦争が烈《はげ》しくなり、節電が叫ばれ、家庭でアイロンを使うのがはばかられる時代があった。うまく出来たもので、その頃になると、スカートはモンペに代り、工場動員で学校は休校も同様になって、ブルマーの襞を気にしながら体操をする楽しみは奪われていた。

スカートもブルマーも、替えのゆとりがなかったのであろう、いつも同じものを着ていた。アイロンのかけ過ぎか、いやにピカピカ光っていた。匂いもした。

ほこり臭いような、脂《やに》臭いような、ムッとするような、鼻を近づけるのがきまりが悪くなる匂いであった。いまのように行き届いた解説書などなかったから、自分の気持や体の変りようを戸惑い、おぞましく思い、さまざまに想像し、想像していることを絶対に他人に気《け》どられないように振舞っている――そんなものが、あの光ったスカートの襞の奥にあったのかも知れない。

スカートの替えもなかったが、ほかにも無いものだらけの女学生生活であった。間に戦争がはさまっていたから、食べるものがなかった。五年生の時はじめて習った「お料理」は、さつまいもを使った茶巾絞《ちゃきんしぼ》りである。教材に使うからといって、さつまいもを半分、学校へ持ってゆくことを母に頼む時、うしろめたい気がしたことを、いま思い出した。

教室には一本の花もなかった。学校の花壇も掘り返されて、いも畑になっていたし、先生方も国民服にゲートルである。敵性語である英語は、ずい分早くから授業が無くなっており、英語の先生は肩身せまそうに、事務など手伝っておられた。東条首相の知り合いだというだけで、お作法の先生が時めいており、真善美《しんぜんび》といっしょに東条首相のおはなしというのを聞かされた。

バレーのボールは、修理して使っていたが、いびつになって、正確なレシーブをしたつもりでも、思わぬ方角に飛んで行った。

私はバレーと陸上競技をやっていたのだが、走り幅跳びの練習をしていて、跳んだところ、上級生が青ざめて、大変だ、日本新記録よ、と言う。私もそんな筈はないと思いながら足から震え出した。職員室に報告に走った生徒もいたが、なに、調べてみたら、巻尺が切れていたので、つないで短くなっていて、数字だけ何十センチかおまけになっていたのである。

レコードもなかった。

学芸会で劇をする。

私は、四年生の時「修禅寺物語《しゆぜんじ》」をやったのだが、ここ一番という時にかけるレコードは、「トロイメライ」とサン・サーンスの「白鳥」しかなかった。

この二枚が「安寿《あんじゆ》と厨子王《ずしおう》」の時にも、「乞食王子」にもかかるのだが、テレビなど無い時代だったせいか、講堂いっぱいの生徒や先生方は、けっこうハンカチを出して泣いて下さった。そのせいか、私は今でも、この二つの曲を聞くと、鼻の奥が少しこそばゆくなってくる。

工場動員中に旋盤で大けがをした友人もいたし、長崎へ疎開して原爆にあい顔中ガラスの破片がめり込んでしまった級友もいた。爆弾でうちも親兄弟も吹きとばされた友達もいたが、だからといって笑い声がなかったかといえば、決してそんなことはなかった。

口は大きくあけるが、一向に声の通らないお習字の先生に「空金《くうきん》」（空中金魚の略）というあだ名をつけ、生理衛生の時間に、知っている癖に困った質問をしてオールドミスの家政の先生の顔を赤らめさせ、私たちはよく笑っていた。校長先生が、渡り廊下のすのこにつまずいて転んだというだけで、明日の命も知れないという時に、心から楽しく笑えたのである。女学生というのはそういうものであるらしい。

お弁当

自分は中流である、と思っている人が九十一パーセントを占めているという。この統計を新聞で見たとき、私はこれは学校給食の影響だと思った。毎日一回、同じものを食べて大きくなれば、そういう世代が増えてゆけば、そう考えるようになって無理はないという気がした。

小学校の頃、お弁当の時間というのは、嫌でも、自分の家の貧富、家族の愛情というか、かまってもらっているかどうかを考えないわけにはいかない時間であった。

豊かなうちの子は、豊かなお弁当を持ってきた。大きいうちに住んでいても、母親がかまってくれない子は、子供にもそうと判るおかずを持ってきた。

お弁当箱もさまざまで、アルマイトの新型で、おかず入れが別になり、汁が出ないように、パッキングのついた留めのついているのを持ってくる子もいたし、何代目のお下りなのか、でこぼこになった上に、上にのせる梅干で酸化したのだろう、真中に穴のあいたのを持ってくる子もいた。

当番になった子が、小使いさんの運んでくる大きなヤカンに入ったお茶をついで廻るのだが、アルミのコップを持っていない子は、お弁当箱の蓋《ふた》についでもらっていた。蓋に穴のあいている子は、お弁当を食べ終ってから、自分でヤカンのそばにゆき、身のほうについで飲んでいた。

ときどきお弁当を持ってこない子もいた。忘れた、と、おなかが痛い、と、ふたつの理由を繰り返して、その時間は、教室の外へ出ていた。

砂場で遊んでいることもあったし、ボールを蹴っていることもあった。そんな元気もないのか、羽目板に寄りかかって陽《ひ》なたぼっこをしているときもあった。

こういう子に対して、まわりの子も先生も、自分の分を半分分けてやろうとか、そんなことは誰もしなかった。薄情のようだが、今にして思えば、やはり正しかったような気がする。ひとに恵まれて肩身のせまい思いをするなら、私だって運動場でボールを蹴っていたほうがいい。

お茶の当番にあたったとき、先生にお茶をつぎながら、おかずをのぞいたことがある。のぞかなくても、先生も教壇で一緒に食べるので、下から仰いでもおよその見当はついたのだが、先生のおかずも、あまりたいしたものは入っていなかった。

昆布の佃煮《つくだに》と切りいかだけ。目刺《めざ》しが一匹にたくあん。そういうおかずを持ってくる子のことを考えて、殊更《ことさら》、つつましいものを詰めてこられたのか、それとも薄給だったのだろうか。

私がもう少し利発な子供だったら、あのお弁当の時間は、何よりも政治、経済、社会について、人間の不平等について学べた時間であった。残念ながら、私に残っているのは思い出と感傷である。

東京から鹿児島へ転校した直後のことだから、小学校四年のときである。

すぐ横の席の子で、お弁当のおかずに、茶色っぽい見馴れない漬物だけ、という女の子がいた。その子は、貧しいおかずを恥じているらしく、いつも蓋を半分かぶせるようにして食べていた。滅多に口を利かない陰気な子だった。

どういうきっかけか忘れてしまったが、何日目かに、私はその漬物をひと切れ、分けてもらった。これがひどくおいしいのである。

当時、鹿児島の、ほとんどのうちで自家製にしていた壺漬なのだが、今みたいに、坐っていて、日本中どこの名産の食べものでも手に入る時代ではなかったから、私は本当にびっくりして、おいしいおいしいと言ったのだろうと思う。

その子は、帰りにうちへ寄らないかという。うんとご馳走して上げるというのである。

小学校からはかなり距離のあるうちだったが、私はついていった。もとはなにか小商《こあきな》いをしていたのが店仕舞いをした、といったつくりの、小さなうちであった。彼女の姿を見て、おもてで遊んでいた四、五人の小さな妹や弟たちが彼女と一緒にうちへ上った。

うちには誰もいなかった。私は戸締りをしていないことにびっくりしたが、すぐにその必要がないことが判った。そのうちはちゃぶ台のほかは家具は何ひとつ無かったからである。

彼女は、私を台所へ引っぱってゆき、上げ蓋を持ち上げた。黒っぽいカメに手をかけたとき、頭の上から大きな声でどなられた。

働きに出ていたらしい母親が帰ってきたのだ。きつい訛《なま》りで「何をしている」と言って叱責する母親に向って、彼女はびっくりするような大きな声で、

「東京から転校してきた子が、これをおいしいといったから連れてきた」

というようなことを言って泣き出した。

母親に立ち向う、という感じだった。

帰ろうとする私の衿髪《えりがみ》をつかむようにして、母親は私をちゃぶ台の前に坐らせ、丼いっぱいの壺漬を振舞ってくれた。この間、三十八年ぶりで鹿児島へゆき、ささやかな同窓会があった。この人に逢いたいと思ったが、消息が判らないとかで、あのときの礼はまだ言

わずじまいでいる。

女子供のお弁当は、おの字がつくが、男の場合は、弁当である。

これは父の弁当のはなしなのだが、私の父はひと頃、釣に凝ったことがある。のぼせると、何でも本式にやらなくては気の済まない人間だったから、母も苦労をしたらしいが、釣に夢中になっていて弁当を流してしまった。

はなしの具合では川、それも渓流らしい。茶店などある場所ではなかったから、諦めていると、時分どきになったら、すこし離れたところにいた一人の男が手招きする。

「弁当を一緒にやりませんか」

辞退をしたが、余分があるから、といって、父のそばへやってきて、弁当をひろげてみせた。

「世の中に、あんな豪華な弁当があるのかと思ったね」

色どりといい、中身といい、まさに王侯貴族の弁当であったという。あとから礼状でもと思い、名前を聞いたが、笑って手を振って答えなかった。その人とは帰りに駅で別れたが、その頃としては珍しかった外国産の大型車が迎えにきていたという。

何年かあとになって、雑誌のグラビアでその人によく似た顔をみつけて、もう一度びっくりしたという。勅使河《てしが》原蒼風《わらそうふう》氏だったそうな。人違いじゃないのと言っているうちに父は故人になった。あの人の花はあまり好きではなかったが、親がひとかたけの弁当を振舞われたと思うせいか、人柄にはあたたかいものを感じていた。

職員室

雨の日は電話のベルも湿って聞える。

その電話も、くぐもった声でベルを鳴らした。受話器を取ったら、小学校のときの先生であった。

「あ、先生。ご無沙汰しております」

私は小学校一年生のような声を出してしまった。左手はひとりでに動いて、仕事をするときに髪を縛るネッカチーフを取り絨緞《じゅうたん》の上に正座をしていた。

今の子供が見たら、

「おばさん、なにやってンの」

と笑われるに決っている図柄であろう。

知人の子供たちと先生が恐いか恐くないかというはなしをしたことがあった。

子供たちは小学生と中学生だったが、先生が恐い、といったのはひとりもいなかった。

先生より用務員のおじさんのほうがおっかないといった子もいた。

「じゃあ職員室へ入るときも平気なの」

「平気だよ」

「ドキドキしない？」

「全然」

ひとりの男の子だけは、

「好きな先生がいると、ドキドキする」

と答えた。


私が子供の頃、職員室というのは特別な場所であった。

何か用があって、職員室へ入るときは、いつもドアの外でひと呼吸して、セーラー服のリボンが曲っていはしないか、と身づくろいしながら、粗相のないようにしゃべらなくては、と気を遣った。

一人でゆく度胸のない子は、友達に一緒に行ってもらっていた。先生方のなかにもやさしい先生とおっかない先生がいらした。職員室に入る前に、廊下からそっとのぞいてガラスの向う側がこわい先生ばかりだと、そのへんをひと廻りしてきて、またのぞいたりしていた。

あれは高松の県立高女一年のときだったが、体操用具のことで急に報告する用があり、私は職員室へ飛び込んだ。

戦前のことでもあり、躾《しつけ》のきびしい学校だったから、ドアをあけたところで大声で自分の名前を名乗る。

「一年×組、向田邦子！」

それから「××先生、お願いします」

と叫ぶのだが、そこで私は、はたと絶句してしまった。

体操の先生のあだ名しか思い出さないのである。

定年近いその男の先生は、あだ名を「オオブッつあん」といった。「オオブッつあん」の娘が五年生の級長をしていて、この上級生は「コブッつあん」と呼ばれていた。

「オオブッつあん、お願いします」

というわけにはいかない。

「コブッつあんのお父さん——」

というのも尚更おかしい。

結局、私は、自分の名前だけ名乗り、そのまま帰って来た。運動場へもどってから、大淵先生という名を思い出した。

小学校六年のときも、同じようなことをしている。

やはり四国の高松の四番丁小学校だが、きまり通り入口で、学年組氏名を名乗り、

「田中先生」

と叫んだが、いきなり、

「声が小さい！」

と叱られてしまった。

声を張り上げて、

「田中先生！」

と叫び、

「男子便所の」

とどなったところ、あとがつづかなかった。

「金かくしがとても汚れているので、たわしを貸して下さい」

と言いに走っていったのだが、声が出ないのである。「金かくし」ということばを大きな声で言えないのである。

便器とか朝顔とかほかに言いかたもあるのだが、カッと頭に血がのぼっていたのだろう、ほかのことばは思いつかなかった。

「どうした、誰か落ちたのか」

田中先生がおっしゃった。

私は一礼してドアをしめた。

ドアの向うから、どっと笑う先生方の声が聞えた。


職員室へ入るときはドキドキしていたが、だからといって先生を神様と思っていたわけではなかった。小学校へ入ってすぐ、担任の女の先生が赤ちゃんを生んだ。私たちは、何人かずつかたまって、お宅へ赤ちゃんを見にいっている。

三年のときだったと思うが、放課後職員室へボールを返しに行ったら、男の先生と女の先生が、顔をくっつけるようにして、答案かなにかをのぞいていた。

女の先生が、

「やあねえ」

と、教壇の上では出さない声で笑ったのも聞いた。

職員室のすぐ横の、洗面所へ入ろうとしたら、女の先生がうしろ向きに立って上半身をかがめるようにしている。その胸元から、白い液体が、ピュッとほとばしった。

先生はオッパイをしぼっていらしたのだ。

運動服の胸をはだけ、腫《は》れ上ったように張ったお乳を出して、鎖のついたアルマイトの水飲みコップに乳をしぼって捨てていた。

先生は、私に気がつくと、胸を仕舞いオッパイのたまったアルミのコップを持ち上げて、私の方をあごでしゃくり、

「飲む？」

というように少し笑われた。

職員室で先生同士が言い争いをしているのも聞いたし、年とった女の先生が、どういう事情があったのか知らないが、涙を拭いているのも見たことがあった。

それでも、先生を軽く見る、という気持はさらさらなかった。先生も人間だな——子供のことだから、そういうことばで思ったわけではないが、今のことばに直せば、そのへんの気持になる。

女学生の頃だが、放課後、学級日誌を職員室に届けに行ったら、先生が、みかんをひとつ下さった。

うちで食べるのより小さいみかんだったが、私には宝物に思えた。

あの頃は、先生というのは、本当に偉く見えた。

短気ですぐ手を上げる先生もいたし、えこひいきをする先生もいた。洟《はな》をたらした少し頭の弱い生徒に意地の悪い先生もいた。

だが、私たちは先生を尊敬していた。

先生は何でも知っている人であり、教えてくれる人だったからであろう。

今は、先生よりもっと知っている人がたくさんいる。

昔は塾もなく、家庭教師も、テレビもなかった。親も今ほど物知りでなく、掃除洗濯に追われて不勉強だったから、ひたすら先生を立てていた。すこしぐらい先生が間違えても、文句を言わなかった。

先生を偉いと思い、電話口で被《かぶ》りものを取って正座するのは、私たち世代でお仕舞いなのであろう。

「食らわんか」

親ゆずりの〝のぼせ性〟で、それがおいしいとなると、もう毎日でも食べたい。新らっきょうが八百屋にならぶと、早速買い込んで醬油《しょうゆ》漬けをつくる。わが家はマンションで、ベランダもせまく、本式のらっきょう漬けができないので、ただ洗って水気を切ったのを、生醬油《きじょうゆ》に漬け込むだけである。二日もすると食べごろになるから、三つ四つとり出してごく薄く切って、お酒の肴《さかな》やご飯の箸休めにするのである。化学調味料を振りかけたほうがおいしいという人もいるが、私はそのままでいい。

外側が、あめ色に色づき、内側にゆくほど白くなっているこの新らっきょうの醬油漬けは、毎年盛る小皿も決っている。大事にしている「くらわんか」の手塩皿である。「くらわんか」というのは、食らわんか、のことで、食らわんか舟からきた名前である。

江戸時代に、伏見・大坂間を通った淀川を上下する三十石舟の客船に、小さい、それこそ亭主が漕いで、女房が手づくりの飯《めし》や惣菜《そうざい》を売りに来た舟のことを言うらしい。

「食らわんか」と、声をかけ、よし、もらおうということになると、大きい船から投げおろしたザルなどに、厚手の皿小鉢をいれ商いをしていたらしい。言葉遣いも荒っぽく、どうやらもぐりだったらしいが、大坂城を攻めたときに徳川家康方の加勢をしてなにか手柄があったらしい。そんなことからお目こぼしにあずかっていた、と物の本にも書いてある。

この食らわんか舟は、飯や惣菜だけでなく、もっと白粉《おしろい》臭い別のものも「食らわんか」というようになったというが、そっちのほうは私には関係ない。この連中が使った、落としても割れないような、丈夫一式の、焼き物が、食らわんか茶碗などと呼ばれて、かなりの値段がつくようになってしまった。汚れたような白地に、藍《あい》のあっさりした絵付けが気に入って、五枚の手塩皿は、気に入った季節のものを盛るとき、なくてはならないいれものである。

「食らわんか」ではじまったから言うわけではないが、どうも私は気取った食べものは苦手である。ほかのところでは、つまり仕事のほうや着るもの、言葉遣いなどは、多少自分を飾って、気取ったり見栄をはったりして暮している。せめてうちで食べるものぐらいは、フォアグラに衿を正したり、キャビア様に恐れ入ったりしないで食べたい。

ついこの間、半月ばかり北アフリカの、マグレブ三国と呼ばれる国へ遊びにいった。チュニジア、アルジェリア、モロッコである。オレンジと卵とトマトがおいしかったが、羊の匂いと羊の肉にうんざりして帰ってきた。

日本に帰って、いちばん先に作ったものは、海苔弁である。まずおいしいごはんを炊く。

十分に蒸らしてから、塗りのお弁当箱にふわりと三分の一ほど平らにつめる。かつお節を醤油でしめらせたものを、うすく敷き、その上に火取《ひど》って八枚切りにした海苔をのせる。これを三回くりかえし、いちばん上に、蓋にくっつかないよう、ごはん粒をひとならべするようにほんの少し、ごはんをのせてから、蓋をして、五分ほど蒸らしていただく。もったいぶって手順を書くのがきまり悪いほど単純なものだが、私はそれに、肉のしょうが煮と塩焼き卵をつけるのが好きだ。

肉のしょうが煮といったところで、ロースだなんだという上等なところはいらない。コマ切れでいい。ただし、おいしい肉を扱っている、よく売れるいい肉屋のコマ切れを選ぶようにする。醤油と酒にしょうがのせん切りをびっくりするくらい入れて、カラリと煮上げる。

塩焼き卵は、うすい塩味だけで少し堅めのオムレツを、卵一個ずつ焼き上げることもあるし、同じものを、ごく少量のだし汁でのばして、だて巻風に仕上げることもある。ずいぶん長い間、この二とおりのどちらかのものを食べていたのだが、去年だったろうか、陶芸家の浅野陽《あきら》氏の「酒呑みのまよい箸」という本を読んで、もうひとつレパートリーがふえた。

浅野氏のつくり方は、塩味をつけた卵を、支那鍋で、胡麻《ごま》油を使って、ごく大きめの中華風のいり卵にするのである。

これがおいしい。これだけで、酒のつまみになる。塩と胡麻油、出逢いの味、香りが何ともいい。黄色くサラリと揚がるところもうれしくて、私はずいぶんこの塩焼き卵に凝った。

ほかにおかずもあるのに、なんでまた海苔弁と、しょうが煮、卵焼きの取り合わせが気に入ったのかといえば、答はまことに簡単で、子供の時分、お弁当によくこの三つが登場したからである。

「すまないけど、今朝はお父さんの出張の支度に手間取ったから、これで勘弁してちょうだいね」

謝りながら母が瀬戸の火鉢で、浅草海苔を火取っている。

「なんだ、海苔弁？」

子供たちは不服そうな声を上げる。

こういうとき、次の日は、挽き肉のそぼろといり卵ののっかった、色どりも美しい好物のおかずが出てくるのだが、いまにして考えれば、あの海苔弁はかなりおいしかった。

ごはんも海苔も醬油も、まじりっ気なしの極上だった。かつお節にしたって、横着なパックなんか、ありはしなかったから、そのたびごとにかつお節けずりでけずった。プンとかつおの匂いのするものだった。

あのころ、ごはんを仕掛けたお釜が吹き上がってくると、木の蓋の上に母や祖母は、折りたたんだ布巾《ふきん》をのせた。湯気でしめらせた布巾で、かつお節を包み、けずりやすいように、しめりを与えるのである。

かつお節は、陽にすかすと、うす赤い血のような色に透き通り、切れ味のいいカンナにけずられて、みるからに美しいひとひらひとひらになった。なんでも合成品のまじってしまった昨今では、昔の海苔弁を食べることはもう二度とできないだろう。

ひとりの食卓で、それも、いますぐに食べるというときは、お弁当にしないで、略式の海苔とかつお節のごはんにするのだが、これに葱《ねぎ》をまぜるとおいしい。

葱は、買いたての新鮮なものを、白いところだけ、一人前二センチもあれば十分である。よく切れる包丁で、ごくうすく切る。それを、さらさないで、醬油とかつお節をまぶし、たきたてのごはんにのせて、海苔でくるんでいただくのである。あっさりしていて、とてもおいしい。

風邪気味のときは、葱雑炊《ぞうすい》というのをこしらえる。

このときの葱は、一人前三センチから五センチはほしい。うすく切り、布巾に包んで水にさらす。このさらし葱を、昆布とかつお節で丁寧にとっただし（塩、酒、うす口醬油で味をととのえる）にごはんを入れ、ごはん粒がふっくらとしたところで、このさらし葱をほうり込み、ひと煮立ちしたところで火をとめる。とめ際に、大丈夫かな？　と心配になるくらいのしょうがのしぼり汁を入れるのがおいしくするコツである。

ピリッとして口当りがよく、食がすすむ。体があったまって、いかにも風邪に効く、という気がする。風邪をひくと、私は、おまじないのようにこの葱雑炊をつくり、あたたまって早寝をする。大抵の風邪はこれでおさまってしまう。

十年ほど前に、少し無理をしてマンションを買った。

気持のどこかに、うちを見せたい、見せびらかしたいというものが働いたのであろう、あのころの私はよく人寄せをして嬉しがっていた。

今ほど仕事も立て込んでいなかったから、まめに手料理もこしらえ、これも好きで集めている瀬戸物をあれこれ考えて取り出し、たのしみながら人をもてなした。

もてなした、といったところで、生れついての物臭《ものぐさ》と、手抜きの性分なので、書くのもはばかられるほどの、献立だが。そのころから今にいたるまで、あきたかと思うとまた復活し、結局わが家の手料理ということで生き残っているものは、次のものである。

若布《わかめ》の油いため

豚鍋

トマトの青じそサラダ

海苔吸い

書くとご大層に見えるが、材料もつくり方もいたって簡単である。

少し堅めにもどした若布（なるべくカラリと干し上げた鳴門《なると》若布がいい）を、三センチほどに切り、ザルに上げて水気を切っておく。

ここで、長袖のブラウスに着替える。ブラウスでなくてもTシャツでもセーターでもいい。とにかく、白地でないこと、長袖であることが肝心である。大きめの鍋の蓋を用意する。これは、なるべくなら木製が好ましいが、ない場合は、アルマイトでも何でもよろしい。

次に支那鍋を熱して、サラダ油を入れ、熱くなったところへ、水を切ってあった若布をほうり込むのである。

物凄い音がする。油がはねる。

このときに長袖が活躍をする。

左手で鍋蓋をかまえ、右手のなるべく長い菜箸《さいばし》で、手早く若布をかき廻す。若布はアッという間に、翡翠《ひすい》色に染まり、カラリとしてくる。そこへ若布の半量ほどのかつお節（パックのでもけっこう）をほうり込み、一息入れてから、醤油を入れる。二息三息して、パッと煮上がったところで火をとめる。

これは、ごく少量ずつ、なるべく上手《じょうて》の器に盛って、突き出しとして出すといい。

「これはなんですか」

おいしいなあ、と口を動かしながら、すぐには若布とはわからないらしく、大抵のかたはこう聞かれる。

一回いしだあゆみ嬢にこれをご馳走したところ、いたく気に入ってしまい、作り方を伝授した。

次にスタジオで逢ったとき、

「つくりましたよ」とニッコリする。

「やけどしなかった?」とたずねたら、あの謎めいた目で笑いながら、黙って、両手を差し出した。

白いほっそりした手の甲に、ポツンポツンと赤い小さな火ぶくれができていた。

長袖のセーターは着たが、鍋の蓋を忘れたらしい。

鍋の蓋をかまえる姿勢をしながら、私は、この図はどこかで見たことがあると気がついた。

子供の時分に、うちにころがっていた講談本にたしか塚原卜伝《ぼくでん》のはなしがのっていた。

卜伝がいろりで薪《まき》をくべている。

そこへいきなり刺客《しかく》が襲うわけだが、卜伝は自在かぎにかかっている鍋の蓋を取り、それで防いでいる絵を見た覚えがある。それで木の蓋にこだわっていたのかもしれない。

豚鍋のほうは、これまた安くて簡単である。

材料は豚ロースをしゃぶしゃぶ用に切ってもらう。これは、薄ければ薄いほうがおいしい。

透かして新聞が読めるくらい薄く切ったのを一人二百グラムは用意する。食べ盛りの若い男の子だったら、三百グラムはいる。それにほうれん草を二人で一把《わ》。

まず大きい鍋に湯を沸かす。

沸いてきたら、湯の量の三割ほどの酒を入れる。これは日本酒の辛口がいい。できたら特級酒のほうがおいしい。

そこへ、皮をむいたにんにくを一《ひと》かけ。その倍量の皮をむいたしょうがを、丸のままほうり込む。

二、三分たつと、いい匂いがしてくる。

そこへ豚肉を各自が一枚ずつ入れ、箸で泳がすようにして（ただし牛肉のしゃぶしゃぶより多少火のとおりを丁寧に）、レモン醤油で食べる。それだけである。

レモン醤油なんぞと書くと、これまた大げさだが、ただの醤油にレモンをしぼりこんだだけのこと。はじめのうちは少し辛めなので、レンゲで鍋の中の汁をとり、すこし薄めてつけるとおいしい。

ひとわたり肉を食べ、アクをすくってから、ほうれん草を入れる。

このほうれん草も、包丁で細かに切ったりせず、ひげ根だけをとったら、あとは手で二つに千切《ちぎ》り、そのままほうりこむ。これも、さっと煮上がったところでやはりレモン醬油でいただく。

豆腐を入れてもおいしいことはおいしいが、私は、豚肉とほうれん草。これだけのほうが好きだ。

あとにのこった肉のだしの出たつゆに小鉢に残ったレモン醬油をたらし、スープにして飲むと、体があたたまっておいしい。

これは、不思議なほどたくさん食べられる。豚肉は苦手という人にご馳走したら、誰よりもたくさん食べ、以来そのうちのレパートリーに加わったと聞いて、私もうれしくなった。何よりも値段が安いのがいい。スキヤキの三分の一の値段でおなかいっぱいになる。

トマトの青じそサラダ、これもお手軽である。トマトを放射状に八つに切り、胡麻油と醬油、酢のドレッシングをかけ、上に青じそのせん切りを散らせばでき上がりである。

にんにくの匂いを、青じそで消そうという算段である。

このサラダは、白い皿でもいいが、私は黒陶の、益子《ましこ》のぼってりとした皿に盛りつけている。黒と赤とみどり色。自然はこの三つの原色が出逢っても、少しも毒々しくならずさわやかな美しさをみせて食卓をはなやかにしてくれる。

酒がすすみ、はなしがはずみ、ほどたったころ、私は中休みに吸い物を出す。これが、自慢の海苔吸いである。

だしは、昆布でごくあっさりととる。

だしをとっている間に、梅干しを、小さいものなら一人一個。大なら二人で一個。たねをとり、水でざっと洗って塩気をとり、手でこまかに千切っておく。

わさびをおろす。海苔を火取って（これは一人半枚）、もみほごしておく。気の張ったお客だったら、よく切れるハサミで、糸のように切ったら、見た目もよけいにおいしくなる。

なるべく小さいお椀に（私は、古い秀衡《ひでひら》小椀を使っている）、梅干し、わさび、海苔を入れ、熱くしただしに、酒とほんの少量のうす口で味をつけたものを張ってゆく。

このときの味は、梅干しの塩気を考えて、少しうす目にしたほうがおいしい。

この海苔と梅干しの吸い物は、酒でくたびれた舌をリフレッシュする効果があり、上戸《じょうご》下戸《げこ》ともに受けがいい。

ただし、どんなに所望されても、お代りをご馳走しないこと。こういうものは、もういっぱいほしいな、というところで、とめて、心を残してもらうからよけいおいしいのである。

ありますよ、どうぞどうぞと、二杯も三杯も振舞ってしまうと、なあんだ、やっぱり梅干しと海苔じゃないか、ということになってしまう。ほんの箸洗いのつもりで、少量をいっぱいだけ。少しもったいをつけて出すところがいいのだ。

十代は、おなかいっぱい食べることが仕合せであった。二十代は、ステーキとうなぎをおなかいっぱい食べたいと思っていた。

三十代は、フランス料理と中華料理にあこがれた。アルバイトにラジオやテレビの脚本を書くようになり、お小遣いのゆとりもでき、おいしいと言われる店へ足をはこぶこともできるようになった。

四十代に入ると、日本料理がおいしくなった。量よりも質。一皿でドカンとおどかされるステーキより、少しずつ幾皿もならぶ懐石料理に血道を上げた。

だが、おいしいものは高い。

自分の働きとくらべても、ほんの一片食《ひとかたけ》のたのしみに消える値段のあまりの高さに、おいしいなあと思ってもらした感動の溜息よりも、もっと大きい溜息を、勘定書きを見たときつくようになってしまった。このあたりから、うちで自分ひとりで食べるものは、安くて簡単なものになってしまった。

大根とぶりのかまの煮たもの

小松菜と油揚げの煮びたし

貝柱と蕗《ふき》の煮たもの

閑《ひま》があると、こんなものを作って食べている。そして、はじめに書いたように、海苔とかつお節。梅干し。らっきょう。

友達とよく最後の晩餐《ばんさん》というはなしをする。

これで命がおしまいということになったとき、何を食べるか、という話題である。フォアグラとかキャビアをおなかいっぱい食べたいという人もいるらしいが、私はご免である。フォアグラもおいしいし、キャビアも大好きだが、最後がそれでは、死んだあとも口中がなまぐさく、サッパリとしないのではないだろうか。

私だったら、まず、煎茶に小梅で口をサッパリさせる。

次に、パリッと炊き上がったごはんにおみおつけ。

実《み》は、豆腐と葱でもいいし、若布、新ごぼう、大根と油揚げもいい、茄子《なす》のおみおつけもおいしいし、小さめのさや豆をさっとゆがいて入れたのも、歯ざわりがいい。たけのこの姫皮のおみおつけも好物のひとつである。

それに納豆。海苔。梅干し。少し浅いかな、というくらいの漬け物。茄子と白菜。たくあんもぜひほしい。

上がりに、濃くいれたほうじ茶。ご馳走さまでしたと箸をおく、と言いたいところだが、やはり心が残りそうである。

あついごはんに、卵をかけたのも食べたい。

ゆうべの塩鮭の残ったのもあった。

ライスカレーの残ったのをかけて食べるのも悪くない。

よけいめに揚げた精進揚《しょうじんあ》げを甘辛く煮つけたのも、冷蔵庫に入っている。あれも食べたい。友人から送ってきた若狭《わかさ》がれいのひと塩があった。あれをさっとあぶって——とキリがなくなってしまう。

こういう節約《しまつ》な食事がつづくと、さすがの私も油っこいものが食べたくなってくる。豚肉と、最近スーパーに姿を見せはじめたグリンピースの苗を、さっといため合わせ、上がりにしょうがのしぼり汁を落として、食べたいなどと思ったりする。

こういう熱心さの半分でもいい。エネルギーを仕事のほうに使ったら、もう少し、マシなものも書けるかもしれないと思うのだが、まず気に入ったものをつくり、食べ、それから遊び、それからおもしろい本を読み、残った時間をやりくりして仕事をするという人間なので、目方の増えるわりには、仕事のほうは大したことなく、人生の折り返し地点をとうに過ぎてしまっている。

夜中の薔薇

「あれはモーツァルトだったかな、シューベルトだったかな」

そのひとは、いきなり小声で歌い出した。

〽童《わらべ》は見たり野中の薔薇
曲はシューベルトのほうであった。小学校や女学校のときに習った歌は、こういう場合、ひとりでに口をついて出てしまう。

〽きよらに咲けるその色賞《め》でつ
私も小さな声で唱和した。

友人の出版を祝うパーティ会場でのことである。

そのひとは、三十を出たか出ないかという年頃の編集者といった感じの女性で、

「ご無沙汰してます」

と目で笑いかけ、すぐ歌になってしまったのである。

たしかに一度逢ったことがあるが、咄嗟《とっさ》に名前が思い出せないうしろめたさも手伝って、

〽飽かず眺む
くれない匂う野中の薔薇

小さな二重唱で最後まで歌ってしまった。
まわりの人たちが変な顔をして見ている。その人は、身を縮めて恐縮をあらわしながらこう囁《ささや》いた。

「随分長いこと、夜中の薔薇と歌っていたんです」

ああ、そうだったのですかと言いかけたところで、私は別の見知った顔につかまってしまい、その人には会釈を返しただけで見失ってしまった。

私は半年ほど前に「眠る盃」という随筆集を出している。「荒城の月」の一節「めぐる盃」を間違えて覚えてしまったという小文の題をそのまま使ったものだが、似たことはどなたにも覚えがあるとみえて、かなりの手紙や電話を頂戴した。

「兎美味《おい》しかの山」(兎追いしかの山)
「品川沖にウス(トドに似た動物がいると思い込んでいた)が住む」(品川沖に薄霞《うすがす》む)
「黒き長瞳」(黒き汝《な》が瞳)
「苦しき力に玉も迷う」(奇《くす》しき力に魂《たま》も迷う)

なかには、幼い日の手毬歌《てまりうた》を、

「一列餡《あん》パン破裂して」

と覚えていたというのもあった。

そういえば私も、何のことか判らぬままに、

「イチレツランパンハレツシテ」

と歌っていた。

「日清談判破裂して」の間違いなのであろうか、気にかかりながらまだ確かめていない。

ところでその夜は、急ぎの仕事があったので、パーティのあともう一軒廻りましょうという誘いを辞退して、ひとりでタクシーに乗った。

「童は見たり夜中の薔薇」

暗い道を走りながら、気持のなかで歌ってみた。

子供が夜中にご不浄に起きる。

往きは寝呆《ねぼ》けていたのと、差し迫った気持もあって目につかなかったが、戻りしなに茶の間を通ると、夜目にぼんやりと薔薇が浮んでいるのに気がつく。

闇のなかでは花は色も深く匂いも濃い。

子供は生れてはじめて花を見たのである。

「野中の薔薇」と歌ったのは、たしかゲーテだが、わたしは夜中の薔薇のほうがいい。そのへんでやっと、一緒に歌った人の名前を思い出した。一年ほど前にインタビューに見え、

簡潔な文章で私が脚本を書いたテレビ番組を紹介してくださった地方新聞の記者であった。

友人たちにこのはなしをしたことから、「夜中の薔薇」談義になった。

「薔薇だからいいんだよ」

といった人がいた。

「梅だったら羊羹《ようかん》になっちまう」

その通りである。夜の梅を描いた速水御舟《はやみぎょしゅう》の息を呑むような名品もあるのに、すぐ目に浮ぶのは、到来物の菓子折に、「おもかげ」と並んで入っている持ち重りのする四角い竹の皮の包みなのである。

もうひとつ、変った意見があった。

夜中に童が見たものは、別の薔薇ではないかというのである。

子供が見てはならぬ妖しいもの、という意味らしい。

残念ながら、私はそんな結構なものは見ていない。

おぼろによみがえるのは、夜中にご不浄に起きた帰り、茶の間で爪を踏んだことぐらいである。

小学校三年か四年のときだった。

まだ足の裏も柔らかだったのか、爪は食い込んでうっすらと血が滲《にじ》んでいた。三日月の形をした爪の切屑は、大きさからいって大人の足の爪と判った。母も祖母も、足の爪は縁側で新聞紙を敷いて剪《き》っていたから、私の踏んだのは父の爪に違いなかった。

この夜のことが頭にあったからかどうか、テレビの脚本を書きはじめた駆け出しの頃、女が畳に落ちていた爪を踏む場面を書いた。セリフで、これは男の爪よ、と言い、男と女の爪は違う、という意味のことを言わせている。

この場面は、長過ぎた、という理由でカットされ、私はディレクターと言い争った覚えがある。ディレクターは、必要ない場面だと言い、私はほかの場面をカットしてもここは生かして欲しかった、と言い張ったが容《い》れられなかった。

ほかのことでは諦めのいいほうだと思うが、この場面だけは妙に残念で、何年かあとに、別のドラマで使って、鬱憤《うっぷん》を晴らしたことがある。もっとも、夜の爪では、絵にも歌にもならないが。

薔薇に限らず、夜中に花びらが散ると音がする。

音というより気配というほうが正しいかも知れない。

花びら一枚の寿命が尽きて落ちる、ちょうどそのときにあたっていたのか、ひとりでに散ることもある。ドアをあけたり身動きをしたりするその動きで、かすかに部屋の空気が動くのが命を早めたのか、二枚三枚続いて落ちることもある。

電話のベルで散ることもある、と思っていたが、これは受話器を取りにあわてて立つ気配のせいであろう。

その電話がかかったのもかなり夜ふけであった。

たしか川崎あたりからだったと思うが、中年の女の声で、身の上相談をしたい、どうしても聞いて欲しいので、これからお宅へ伺いたいと言う。一面識もない人である。

私は世のため人のためになるドラマを書いた覚えはなく、滑った転んだ専門なのだが、何かの間違いで年に何回かはこういうことがある。

他人《ひと》さまの相談ごとに乗れるほどの経験も識見もない人間ですからと辞退をするのだが、一向に聞いて頂けない。電話は二十分、三十分おきにかかり、そのたびに、品川、渋谷と我が家に近づいてくる。距離が近づくにつれて声も話しぶりも切迫してくる。

お気持は判らないこともないが、あなたを知らない人間には何の手助けも出来ない。私も女ひとり、この時間に差し迫った仕事をしているのだから、営業妨害をしないで下さい。以後、電話が鳴っても出ませんので悪しからず、ということを言ってみるが、一病抱えた年寄りが身近にいることもあって、ベルが鳴れば出ないわけにいかない。

遂に夜中の一時半にかかってきた電話は、私も名前を知っている近所の深夜スナックからであった。

「あなたのマンションは調べてある。逢ってくれないなら、部屋の前で首を縊《くく》りますから」

私は腹が立ってきた。

「甘ったれるのもいい加減にして下さい。第一、マンションのドアの前には、縄をかけるような梁《はり》はありません。私はもう寝《やす》みますから、これで失礼します」

電話を切り、ベッドに入ったものの、やはり寝つかれない。警察に電話したほうがいいかと迷い、あの電話の調子では大丈夫と自分を励まし、それでも不安になって、マンションのガードマンに気をつけて下さい、とお願いした。

眠れぬままに、ときどきドアの覗《のぞ》き穴から外をうかがい、まんじりともしないうちに朝刊が来た。

灯りを落した居間にも寝室にも玄関にも、それぞれ花の一輪やそこらはあるのだが、こういうときは夜中の薔薇だろうがフリージアだろうが目に入らないのだから、私も小者である。

戦争が終って一年目だったか二年目だったか。

女学校の女の先生が、私と、仲のよい級友にうちへ泊りにこないかとおっしゃった。親戚のうちに間借りをしているのだが、その晩、家主の家族が一晩泊りで留守になる。うちが広くてさびしいから、遊びがてらいらっしゃいという誘いである。

担任ではなかったが、週に何時間か教えていただいている先生だった。三十を過ぎていらしたと思うが独身だった。今のことばでいえばグラマーで、明るい人柄だったから人気があった。

私は母に頼んで、夜と朝とお弁当の三食分の米を袋に入れてもらい、鞄に入れて登校した。鞄に米が入っていることをほかの級友に悟られまいと気を遣った。沢山のなかから二人だけが選ばれたということで、有頂天になっていた。

そこは、焼け残った、かなり広いうちであった。駅前には闇市が立ち、復員軍人のくたびれたカーキ色が溢れ、夜になると真暗な街をアメリカ兵のジープだけが走っていた。買出しの女が防空壕へ引きずり込まれて、という事件が新聞を賑わせていた頃である。先生も、女ひとりで心細く私たちに声をかけたのであろう。

その晩、どんなものを食べどんなはなしをしたのか記憶にないが、髪を洗い寝間着に着がえた先生が、学校で見せる姿とは別人のように眩《まぶ》しく見えたこと、自分のうちの戸棚をあけるような物馴れた手つきで、茶の間の押入れをあけ、干芋の入った缶をあけて私たちに振舞って下さったとき、いいのかな、叱られないのかな、と心配になったことだけは妙に覚えている。

先生は自分の部屋に寝み、私たちはその家の客間に布団をならべて寝たのだが、夜中に玄関の戸を叩く音で目が覚めた。

男の声がする。鍵をあける音がして、先生の押し殺したような声がつづいた。低い声でなにか言い争っている。男の声は、かなり年輩に聞えた。

玄関の戸がしまり、二人の声と共に廊下がきしみ、あとは何も聞えなかった。

朝、目が覚めたら、先生が台所で鼻歌を歌いながら刻みものをしていらした。ほかには誰もいなかったが、台所の土間に、昨夜はなかったおいもや野菜があった。

朝の食卓で、級友が口を動かしながら、「ゆうべ、泥棒が入った夢を見た」と言った。

私は、目の前に焼夷弾《しょういだん》が落ちたときよりもっとびっくりした。多分、目くばせをしたか、箸を持った手で友達を突ついたかしたのだろう。先生は、さらりとこう言われた。

「夢じゃないのよ。夜中に叔父さんが来たの。食糧を置いて、今朝一番で帰っていったわ」

先生は、前の晩よりもっと眩しく見えた。

本当に叔父さんだったのか、それとも「夜中の薔薇」であったのか、いま考えてもさっぱり判らない。


ついこの間のことだが、出先で遅くなり、夜中に帰ったら、ドアの前に小さな炭俵ほどのものが置いてある。

新聞紙にくるんだ薔薇の花束であった。

番組の打ち上げ祝いでもなく、誕生日でもない。誕生日といったところで、そう滅多に花など頂く身分ではない。ごくたまに頂いたところで、せいぜい年の数の半分が関の山である。

どうしたことかと驚いたが、添えてあるメモで事情が判った。

近所のビルの一隅に出店していた花屋が、その日で店閉まいをしたのである。いつもごひいき頂いたので売れ残りで恐縮ですが、一日二日は楽しめるかも知れませんとあった。

白粉気のない顔をスカーフで包み、Gパンにゴムの前掛けをかけ、男の子のようにキビキビ働いていた感じのいい若い女店員の笑い顔は、花を買わない日でも、その道を通る楽しみでもあった。

薔薇は、赤とピンクの二色で、長いもの、短いもの取りまぜて二百本は越えていよう。ただ、まともなものはなく、開ききって散る寸前のもの、水切りがうまくゆかなかったらしく、葉も花も固く乾いて立ち枯れる寸前のものがほとんどであった。

ドアの前に置かれたのは何時か知らないが、もともと傷《いた》んでいたのが夜遊びをしていたばっかりに、花は更に弱ってしまったに違いない。

部屋に抱えて入り、売れ残りのわが姿を見る思いでしばらく眺めていた。花も三本五本枯れるのは風情があるが、一抱え揃って、となると無惨である。美しいゴミ、という感じだが、花だと思うとダストシュートにほうりこむのも気がとがめる。

私は浴槽に三十センチほど水を張った。

五、六本ずつ洗面所で水切りをしてから、更に二、三十本まとめて束ね、水に濡らした新聞紙ですっぽり包んだ。

その包みを、水を張った浴槽のなかにそっと立てかけて一晩置くのである。花の水風呂と称してかなり傷んだ花も、うまくゆくと生きかえることがある。

薔薇の棘《とげ》で引っかき傷をつくり、ほろ酔い気分もケシ飛んで、冷たい風呂場でしゃがんでいるうちに面倒くさくなってきた。どう見ても生き返らないと思われるものは、諦めて捨てようとまとめかけて、何年か前乗ったタクシーの運転手のはなしを思い出した。

なんのはなしから、そうなったか忘れたが、その人はノモンハンの生き残りだった。

ひどい負傷をして後方に運ばれた。軍医が看《み》て生きる見込みのある者には青札、見込みのない者には赤札をつけた。その人は、本当は赤札をつけられる筈だったが、軍医がくたびれていたのかつけ間違え、おかげで九死に一生を得たという。

結局、私は一本残らず水風呂に漬けた。漬け終ってから、自分が風呂に入れないことに気がついた。その代り、浴室いっぱい、「くれない匂う夜中の薔薇」であった。

反芻《はんすう》旅行

うちの母が香港《ホンコン》に遊びに行ったのは、五年ほど前のことである。

父の七回忌も終ったことだし、足腰の丈夫なうちによその国を見せてやりたいという気持があった。

私が一緒にゆければ一番いいと思ったのだが、あいにく仕事がたてこんでどうにも動きがとれないので、妹をお供につけ、食事につき合って下さる女の通訳のかたも、旅行社にたのんで手配してもらった。パック旅行でも悪くはないのだが、旅馴れない年寄には、すこし可哀そうな気もしたので、旅費その他で、かなり割り高についたことも事実である。

母は、はじめ物凄い勢いで反対した。

行きたくない、というのである。

何様じゃあるまいし、冥利《みようり》が悪い。こんなぜいたくをすると、死んだお父さんに怒られる、と言い張って聞かない。

主人のため子供のため第一で、自分の楽しみなど二の次、三の次、はっきりいえば、ろくなものは無いも同然で半生を生きたような人である。

一生にいっぺんそのくらいのことをしてもバチは当らないわよ、と半ばおどかすようにして、飛行機にのっけた覚えがある。

母の香港旅行は大成功だったらしい。四泊五日ほどの小さな旅だったが、いまでもそのときのはなしになると目が輝いてくる。声が十も若がえったかと思うほど弾んでくる。

新聞のテレビ欄をみていて、「香港」に関するものが出ていると必ずその時間にチャンネルを廻す。

仕事場にいる私のところに電話をかけてきて、「〇チャンネルを廻してごらん。香港が出ているよ」という。

この通りは、たしかあたしも歩いたよ。

あれ、このお店はあたしも行って食べたような気がするけど違ったかねぇ。

こんな調子で、香港と名のつくものは、一枚の写真、ひとことの説明も聞き逃さないようにしているのが判った。

その頃、私は母に言った覚えがある。

「香港はもういいじゃないの、自分で行ったんだから。ほかの、行ったことのない国を見たほうがいいと思うけど」

母は、本当にそうだねぇ、とうなずいたが、やはりフランスやアメリカよりも、テレビの画面のなかに香港を探していることに変りはないようであった。

母に対しては偉そうなことを言ったものの、考えてみれば私も同じようなことをしている。

一度でも自分の行った国、ペルー、カンボジア、ジャマイカ、ケニヤ、チュニジア、アルジェリア、モロッコ、そういう国が出てくると、どんなかけらでも食い入るように画面を眺める。

自分が見たのと同じ光景が出てくれれば嬉しいし懐かしい。見なかった眺めだと、口惜《くや》しいようなねたましいような気持になって、説明に耳をかたむける。これは、行ったことのない国を見るよりも、もっと視線は強く、思い入れも濃いような気がする。

これも随分前のはなしだが、前の晩にテレビで見た野球の試合を、朝必ずスポーツ新聞を買ってたしかめる人を、勿体《もったい》ないじゃないの、お金と時間の無駄使いだといったことがあった。

その人は、私の顔をじっと見て、

「君はまだ若いね」

といった。

「野球に限らず、反芻が一番たのしいと思うがね」

旅も恋も、そのときもたのしいが、反芻はもっとたのしいのである。ところで、草を反芻している牛は、やはり、その草を食べたときのことを思い出しながら口を動かしているものであろうか。

傷だらけの茄子

台風接近のニュースを聞くと、私はどうしても、あのことを思い出してしまう。

子供の頃、すぐ裏に内科の医院があった。そこに一匹の猿が飼われていた。小さな猿だったが、とても利口で、朝、新聞配達がくると、足音を聞きつけて一番先に飛び出してひったくり、眠っている主人の枕もとに置いたという。

その猿が、台風のさなか、嵐の音に野生にかえったのか、鎖を千切って逃げ出し、屋根に上って叫び声を上げていた。

台風が去ったあと、風に叩きつけられたのか、屋根瓦に足を滑らせたのか、冷たくなった小さなきながらが転がっていたというのである。

私はその猿を見たことはなかった。見たことはないのに、屋根につかまって、濡れた毛を逆立《さかだ》て吠える小さな猿を見たような気がしてならない。

台風がくるというと、昔はどうしてあんなに張り切ったのであろう。

夕方あたりからくる、夜半すぎにくる、というと、掃除当番もそこそこに、運動場で遊んだりしないでまっすぐにうちに帰った。三人五人の同じ方角へ帰る友達と、風に逆らうようにして、ふざけながら急ぎ足で帰ったときの気持のたかぶりは、友達のお河童《かっぱ》のサラサラした髪の毛が、天に向ってそそり立つようになり、セーラー服のひだのスカートが、パアッと上へまくれ上った形と一緒に、いまも目に浮んでくる。

うちへ帰ると、祖母や母も、気負い込んで、小走りに台所から廊下を行ったりきたりしていた。

「ご飯はどのくらい仕掛けたら、いいかしらねえ。おばあちゃん」

「とりあえずひと釜で大丈夫じゃないかねえ」

早いところ炊き上げ、おかずもつくって、台風がこない前に、かまどの火を引いてしまいたいのである。

「暗い中でも持ち出せるように、学校の道具をランドセルにつめて置きなさいよ」

といわれて、子供たちは、子供部屋に入って教科書を出したり入れたりしている。

そこへ父が帰ってくる。

横なぐりの雨で、レインコートの肩のあたりはぐっしょりと濡れ、折り返したズボンの裾から、細くて青白い脛《すね》が出ているのがおかしいのだが、こんなとき笑ったりしたらどん

な目に逢うかみんな判っているから、なるべく切羽《せっぱ》つまったような顔をして、玄関に一列にならび、

「お帰ンなさい」

と合唱する。

「台風がくるというのに、そんなとこにのんびり並んでいるんじゃない！」

どなりながら、せかせかと茶の間に入ってゆく。出迎えなければ出迎えないで、

「子供たちはどうした。台風ぐらいでそわそわするな」

どっちにしても怒るのである。

「晩のおかずはなんだ。火を使うものはよせ。鮭カンと牛肉の大和煮があったろ。あれ、切りなさい」

廊下でうろついていたのが、耳ざとく聞きつけ、子供部屋に伝令が飛ぶ。

「晩のおかずはカン詰だってよ」

「ウワァ！」

歓声が上る。

日頃、カン詰は無精《ぶしよう》たらしいおかずとして絶対に食卓にのぼらない。滅多に食べさせてもらえないと思うせいか、子供はみなカン詰が大好物で、時に、鮭カンの骨のところは、奪い合いをするほどである。

祖母が、長い木の柄《え》のついた、今から考えると実に古風なカン切りで、三つ四つのカン詰をあける。

その頃になると、風も雨も強さを増し、早々に雨戸をしめたのに、どこからすき間風が入るのかガラス戸が鳴り、電灯も揺れ、ときどき暗くなってまたたいたりする。

「懐中電灯の電池は大丈夫だな」

いつもは二本のお銚子を一本に控えた父が、釣にゆくときの、おととしの背広にニッカーボッカーという土建屋スタイルで母にたずねている。

台所では、祖母が私たちの食べ残したご飯をお結びにしている。廊下や納戸が雨漏りしている。洗面器を出したりして、またひとしきりうち中が騒々しい。

こういう日、お風呂は危いのでお休みである。うちは用心深かったのかどうか、台風が来そうな夜は、パジャマに着替えず、靴下だけ脱いで寝かされた。

枕もとにランドセルと、着替えの風呂敷包みを置くか置かないかというときに停電してしまう。

懐中電灯で照らしてもらって、ご不浄にゆき、風と雨の音を聞きながら眠るのは、子供心にも、不思議なたかぶりがあった。

兄弟げんかも、夫婦げんかも、母と祖母のちょっとした気まずさも、台風の夜だけは、休戦になった。一家をあげて固まっていた。そこが、なんだかひどく嬉しかった。父も母も、みな生き生きしていた。

朝、目が覚めると、台風は嘘みたいにどこかへ行っていた。いつの間にか、私たちは、パジャマを着ていた。夜中に、「さあ、台風がそれた」というので、全く覚えがなかった。

子供というのは、どうして、夜はあんなに眠かったのだろう。「寝る子は育つ」というから、育つためによく眠っていたのかも知れない。

くるくる、と思って張り切っていた台風がそれるくらいつまらないことはなかった。

「よかったよかった」

と親たちはよろこび合い、祖母と母は昨夜沢山炊き過ぎたお結びを食べたりしていたが、子供はみんなつまらなそうにしていた。

いざというときのために、玄関に揃えておいた長靴を仕舞いながら、

「チェッ、つまんないの」

というところがあった。

大人だって、すこしは、なんだ、という拍子抜けを感じているに違いないのに、それはちょっとした口振りやしぐさに出ているのに、そんなことは、少しも見せないのが、すこし憎らしかった。

父は雨どいにつまった落葉をかき出している。高箒《たかぼうき》を逆手にかまえて、馴れない庭仕事に息を切らしている父の頭の上に、抜けるような青空があった。赤とんぼも、こういうときによく見かけた。

そして、台風の次の晩は、気のせいか虫の声も、ひときわ大きく美しく聞えた。

次の日は、八百屋の店先に、雨に叩かれ、倒れ、地に這ってそうなったのであろう、傷だらけの茄子や胡瓜《きゆうり》がひと山いくらの安売りで欠けた皿やザルにのせられならぶのである。

「××さんのとこは子沢山だから、まあ三皿も買っていったよ」

台所で、母の割烹着《かつぽうぎ》の袖を引きながら祖母がこう話した声は、四十年も昔のことなのに、まだ耳の底に残っている。

きず

縁にきずのあるグラスを、捨てよう捨てようと思いながら五年たってしまった。

じかに口に当てるものだけに、正直いって使うのは気骨《きぼね》が折れる。

きずのあるのが客のほうにゆかないように注意しなくてはならない。さりげなく自分の前に置き、きずの部分に唇を当てないようにずらしてビールを飲んだりするのは、ひと手間余計なことである。洗うときも、このきずものだけは特別扱いであった。

はじめのうちは、ただ勿体ないから、というだけの気持だった。グラスは六個でセットになっている。一個欠けるより、きずものでもとりあえず数だけあったほうがいいと思ったからだ。

バカラと呼ばれる外国製で、駄物揃《だものぞろ》いのうちのグラスのなかでは、一番上等だということも理由のひとつであろう。

だが、それだけではないことに気がついた。

面倒な病気を背負い、自分のからだにきずができてから、私はきずのあるものが捨てにくくなっている。

テレビドラマのなかで人が殺せなくなったように、気持のどこかで小さく縁起をかついでいるのかも知れない。

こんなことを気にせず、のんきに暮らしたいと思う。思いながらも、グラスひとつにかけるこういう馬鹿馬鹿しい手間ひまを、そう悪いことでもないな、と気に入ってもいるのである。

泣き虫

たまにデパートの玩具売場を通ると、耳も目もびっくりしてしまう。

「ピーポピーポ」

「キューンキューン」

「ガガガガガガ」

「ウォンウォン」

「キキッキキッ」

劇画の吹き出しでお馴染みの音が、一大交響楽になって押し寄せてくる。色のほうも、三原色をぶちまけてこねくり合せ、ピカピカチカチカ光って揺れ動き飛びかっている。

このピーポバキューンのなかで、ひとりの子供が泣きじゃくっていた。

四歳か五歳の男の子だった。

まだ二十代の、Gパン姿の若い母親に邪険《じゃけん》に手を引っぱられ、泣きながら売場を出てゆくところである。

顔中涙でぐしょぐしょで、この世の終りというような悲痛な顔で、う、う、と泣きじゃっくりがとまらない。

彼はなにが欲しかったのだろう。

私は、いま声を上げて泣くほど欲しいものがあるだろうか。


ごくたまに、ほんの少し泣くのは、目のためにはよいのだそうである。涙には、○・何パーセントだか忘れたが、塩分が入っている。それが目の表面についたゴミを洗い流してくれる。ヘタな目薬よりいい、と何かの本で読んだような気がするが、私の記憶だからあてにならない。

身辺に不幸がなかったせいか、感情のほうが鈍くなったのか、ずい分長い間、泣いていないことに気がついた。

父が亡くなったときも、急死だったこともあり、悲しいより驚きのほうが先にたって、しみじみ涙をこぼす、ということのないままに葬式が終った。

お通夜の夜食は寿司がいいか、二晩続けて同じものでは申しわけないから、故人も好物だったことだし鰻《うなぎ》にしようか、などと気を揉《も》んでいては、ゆっくり泣くことも出来ない。

「お調子者め。人が死んだのに泣きもしないで浮かれていやがる」

父は何でも正式に、折り目正しくするのが好きだったから、自分の葬式のときも、女房子供にワッと号泣して欲しかったことだろう。

ところが、うちの一家は、チョコマカした小者揃いである。

「遺族のかたは坐っていて下さい」

と叱られながら、やれ座布団が足りない、灰皿は大丈夫かしら、と飛び廻っていた。父はさだめし、口惜しく、成仏出来なかったに違いない。

やましい気持で四十九日が過ぎた。

その頃、私は友人たちと京都に桜を見に出かけた。にぎやかな一行だったので、楽しい一日を過し、帰る前に、珍味屋へ足を向けた。この店でだし昆布や若狭かれいのひと塩を買うのが習慣になっていた。

いつも通りのものを頼み、

「このわたも入れて下さいね」

こう言って財布を探しながら、私は笑い出していた。

このわたを好きな父は、もういないのである。いないのに、ついうっかりして頼んでしまったのだ。

「馬鹿だなあ。なにやってるんだろう」

大笑いに笑いながら、気がついたら私は泣いていた。

店の人はびっくりして、私の顔を眺めている。みっともないと思いながら、死んでこんなに日数が立っているのに、と思いながら、涙がとまらなかった。

いままでどこかにかくれていた涙が、急に鉄砲水のようにあふれたのか。旅先で、旅の恥は掻《か》き捨てに似た気持で気がゆるんだのか、あのときの気持は自分でも説明がつかない。

人に抱きつかれて、ワッと泣かれたことがあった。

同窓会の、会場の入口である。

会場は新宿駅のそばの、食堂ビルの一隅にある郷土料理屋であった。

遅刻したこともあり、大いそぎでエレベーターを下りて、店を探しあてて入りかけると、いきなり突き飛ばされた。

いや、物凄い勢いで抱きつかれたのである。

「あんた、変ったねえ。どしたの」

ころころに肥《ふと》った、私より十歳ぐらい若い女のひとだった。気のいいおばさんといった感じのその人は、私の体をゆすぶって、

「ガスだって？　眠ってる間じゃ、ひとたまりもないよねえ。もう、聞いたときはびっくりして」

鼻をすすって、泣き出した。

狐につまれた、というのは、こういうことであろう。

私には全く身に覚えがない。この人の顔も知らないのである。

「あの、失礼ですけど、どなたですか」

「え？　××ちゃんじゃないの」

「いいえ」

「やだ！」

その人は、さっき抱きついたのと同じ激しさで、私の体をつき放した。

「やだやだ！」

それから、通りかかった女店員をつかまえて、

「××高校の同窓会、どこなの」

とたずねた。

会場は同じ店であった。

ただし、この日は同窓会が三つだか四つあって、名札がぞろりとならんでいた。

このひとは、目が近かったのか、それとも親友の××ちゃんに私がそっくりだったのか、間違えて泣いてしまったのである。

この人とは、帰りのエレベーターのなかでも一緒になった。

クラスメートと冗談を言い合って、大きな声で笑っていた。私がすぐ横にいるのに気が

つかないのか、気がついていたがテレくさいのか、私のほうは見向きもしなかった。

普通の人より一オクターブ高い声で笑いながら出ていった。

よく泣く人はよく笑うということがよく判った。


この頃の子供は泣かなくなった。

私の子供の頃、子供はよく泣いていた。手足がかじかんで寒いといっては泣き、お八つが少ないといっては泣いていた。

此《こ》の頃は、泣くほど寒くない。お八つも冷蔵庫をあければ、くさるほど入っている。子供だけではない。大人も泣かなくなった。昔みたいに葬式に、おいおい声を立てて泣く人は少なくなった。年寄りと同居しないこと、家で死ぬより病院で死ぬことが多いせいだろうか。

ＤＤＴは蚊やハエと一緒に、日本の泣き虫をも殺したのだ。

ミンク

「毛皮のコートを持っていますか」

こういうアンケートがある。

「持っていません」

と答えると、必ず、

「どうしてですか」

とたずねられる。

高価だから。

着てゆく場所がないから。

自分に似合わないから。

飼っている猫に済まないような気がするので……。

そのときの気持で、適当に答えることにしているのだが、こういうとき、脳ミソの片隅を、一枚の写真がスーと横切るような気がする。

その写真というのは、大分前の、たしか新聞の片隅に載っていた記事に添えられたものである。

北海道かどこかのミンクの養殖場で、一匹のメスのミンクが飼育係に馴れてしまった。ミンクというのは野性が強く、気性が荒くて、絶対に人に馴れない動物だという。ところが、どうしたわけか一匹だけ突然変異というか、変りダネがいたのである。

普通ミンクは、十カ月だか一年だか忘れたが、毛皮として一番美しいある一定の大きさになると、例外なくこの世におさらばさせられて、ストールやコートに化けさせられてしまう。

ところが、飼育係に馴れてしまった一匹だけは殺すのに忍びなかったのであろう、ペットとして飼われることになってしまった。

写真には、バケツに入れた餌を運ぶ飼育係のうしろから、ついて歩いている一匹のミンクがうつっていた。彼女は、こうして奇跡的に命を長らえているのである。

十五年ほど前のことだが、私はラジオの朝の帯ドラマで、*「お早うペペ」というのを書いていた。

町内の猫や犬だけを主人公にしたもので、人間さまを、犬や猫の視線で、つまり当時流《は》行《や》ったミニ・スカートを地上三十センチほどの高さから描いた（猫の場合は塀や屋根に上るから、上からということもあったが）ちょっと変ったドラマであった。

二年だか三年つづいたが、そのなかでクリスマス週間につくった「七面鳥のはなし」というのがあった。

街にジングルベルの鳴るなかで、鳥屋の店先で飼われている七面鳥に、町内の犬や猫がチエをつける。「あんた、助かるためには、人間に馴れなきゃダメだよ」

七面鳥は必死になってゴマをするのだが、それも及ばずいよいよローストになりそうになる。一同協力して七面鳥を逃がしてやる、というような、スジで書くと他愛ないようだが、録音をとっているのを聞いていたら役者さんたちが妙に真剣なのである。

猫をやる黒柳徹子さん、中村メイコさん、犬をやる熊倉一雄さんたちの声が、まるで人間のドラマをやるように切実になってくる。七面鳥をやったのは、たしかなべおさみさんだったと思うが、これも哀れでおかしかった。一同、涙声になってしまい、副調室までシーンとしてしまった。ラストはどうなるのか忘れてしまったが、ミンクの写真を見たとき、偶然にも自分の書いたこのドラマを思い出した。

レストランのメニューで、エビフライというところをみると、有頭と無頭にわけられている。

頭のついているのといないのと、二種類あるのだ。勿論《もちろん》有頭のほうが百円ほどお高いのだが、有頭という字を見ると、子供の時分にさわった狐の衿巻を思い出してしまう。

私が幼かった頃、つまり戦前のことだが、狐の衿巻が大流行したことがあった。ちょっと洒落た和服や洋装の女の首ったまには、狐が巻きついていた。その狐は例外なく有頭であった。

うちはサラリーマンだったから、母は狐の衿巻は持っていなかったが、うちへきた客が玄関にコートと一緒に置いて座敷へ通ったあと、そっとさわってみたことがある。

黄色っぽいやせた狐だった。口をすこしあけ、ガラスの光る目玉は、片方がすこし浮き上り、もうすこしで取れそうになっていた。小さな手足は固くて冷たく、黒い爪がついていた。ナフタリンと白粉と椿油のまじった匂いがした。

首に巻いてみたいと思ったが、そんなことをしているところをみつかると大変な目に会わされるのは判っていたから、さわっただけでおしまいにしたが、妙に平べったい三角形の狐の頭だけは、いまもはっきりと覚えている。

ミンクのコートは、無頭だけれど、本当はコート一着に三十だか五十のミンクの頭がブラ下っているのだ――と書くと、持っていない人間の嫌がらせみたいで気がさすのだが、見ぬこときよしである。人間が生きてゆくというのは所詮はこういうことなのかも知れない。

ステーキを食べるために牛一頭をほふることも、目刺し一匹も、その何百倍のたたみイワシ一枚も、同じことなのであろう。言い出したらキリがないのだ。

書きながら、だんだんと威勢が悪くなったのは、私も毛皮を持っていることに気がついたからである。

毛皮のコートは持っていないが、コートの衿にならくっついている。

リンクスである。ベージュの地に斑点のある毛足の長いもので、日本語でいうと大山猫である。はじめは、何の毛皮かよく判らず、気軽にリンクスと呼んでいたのだが、すぐに大山猫と判った。

うちには猫がいる。子供のときから、いつもうちには猫がいて、世間さまは私のことを愛猫家と思って下さっているらしい。猫可愛がりではないが、ほどほどに可愛がって暮している。それが二匹の大山猫の毛皮を首ったまに巻きつけているのである。

うちの猫は毛皮をみると、親愛の情を示す癖がある。ある女優さんのミンクのコートに体をすりつけ、うっとりとしていたが、やがて興奮して爪を立てそうになり、飼主をあわてさせたことがあった。

また引っかかれると大変だと思い、私はうちの猫の前で、リンクスの衿のついたコートを着ないようにしているのだが、本心をいうと、仲間を首に巻いているうしろめたさで気がねをしているのである。
そういえば、今年はあのコートにまだ一度も手を通していない。

＊二三二ページ。正式なタイトルは「おはようぺぺです」。（編集部注）

ヒコーキ

スチュワーデスの方に一度本音を伺いたいと思っていることがある。

あなたがたは離着陸のとき本当に平気なのですか。自転車や自動車が走り出すときと全く同じ気持なのですか。ノミが食ったほどにも、こわいとは感じないのですか。

本当はこわいのだけど、少しは馴れたし、自分たちがこわがっていたら、お客様はもっと不安になる。客足にひびくので、つとめてにこにこしているのではないんですか。スチュワーデスのお給料のなかには「ニコニコ料」も入っているんじゃないんですか。

私は、生れてはじめて飛行機に乗ったとき、あれは二十五年くらい前に、たしか大阪へ行くときだったが、友人がこういうはなしをしてくれた。いざ離陸というのでプロペラが廻り出した。一人の乗客が急にまっ青な顔になり、

「急用を思い出した。おろしてくれ」

と騒ぎ出した。

「今からおろすわけにはゆきません」

とめるスチュワーデスを殴り倒さんばかりにして客はおろしてくれ、おろせと大暴れして、遂に力ずくで下りていった。そのあと飛行機は飛び立ったが、離陸後すぐにエンジンの故障で墜落した。客は元戦闘機のパイロットであった。

「じゃあ元気でいってらっしゃい」

とその友人に送られてタラップを上ったのだが、プロペラが廻り出すと胸がしめつけられるようになった。

ブルブルブルル、なんてむせたりしているけど、あれがさっき話してたエンジン不調の音ではないか。ああ、ナミの耳しか持ってないのが情けない。ブルブルブルル、やっぱりおかしい。下りるなら今だ。

しかし飛行機は無事に飛び立ち、無事に大阪空港に着陸した。

このときの気持が尾を引いているらしく、私はいまでも離着陸のときは平静ではいられない。

まわりを見廻すと、みなさん平気な顔で坐っているが、あれもウサン臭い。本当に平気なのか、こんなものはタクシーと同じに乗りなれておりますというよそゆきの顔なのか。

このところ出たり入ったりが多く、一週間に一度は飛行機のお世話になっていながら、まだ気を許してはいない。散らかった部屋や抽斗《ひきだし》のなかを片づけてから乗ろうかと思うの

だが、いやいやあまり綺麗にすると、万一のことがあったとき、
「やっぱりムシが知らせたんだね」
などと言われそうで、ここは縁起をかついでそのままにしておこうと、わざと汚ないまで旅行に出たりしている。

いつもこわいのだが、この間アメリカへ行ったときは一番おっかなかった。ロケに同行したので、撮影機材と一緒だったのである。カメラやら照明機具、合せて二十五個、目方にすると二百キロを超す大荷物である。ジャンボ機なので四百五十人のりだが、一人体重七十キロ、荷物二十キロとして――もう大変な目方である。どう考えたって、太平洋を飛び越えるのは無理ではないだろうか。

カラスの首に目覚し時計をブラ下げて飛べというようなものではないか。絶対に落ちる。卑怯なようだが、せめて機材とは別の便にさせてもらえないだろうか。

心のなかで、チラリとそんなことを考えながら、しかし、気《け》どられまいとして私はスタッフの人たちと冗談を言っていた。

こういうときは着陸のときが嫌だ。

あ、海面が妙に近い。海面に飛行機の影がうつっている。地上の街並みや車がぐんぐん大きくなっている。これはおかしいぞ。早く下りすぎたのだ。誰も知らないけど、これは

失敗だ。早く教えて上げなくちゃ——などと思っているうちにドスンという衝撃がお尻にあって、無事着陸するのである。

この間はじめて沖縄へいったのだが、帰りに羽田空港の荷物待ちのカウンターで私はしたたかに突き飛ばされた。

ぐるぐる廻って出てくる荷物台のそばである。突き飛ばしたのは、十人ほどの五十五、六から六十歳ぐらいの中年婦人の団体であった。

「ここだよ！　ここへ出てくんだ！」

一人が叫ぶ。

「荷札ついてねくて、どして判んだよ」

「グズグズしてるとかっぱらわれるぞ」

「気つけろや」

「誰か、モトのとこ、走れ、早く」

オバサンたちは、台の廻りの客を押しのけ蹴散らかして、二、三人が荷物の出る場所に走り、二、三人ずつ配置についた。

「廻りかた早いから、取りそこねたらどなれ」

「よお、これ寺内さんのではないの？」

「そだそだ！　あ、ちがう！」

まるで戦争さわぎである。

みんなあっけにとられ、押されたまま突き飛ばされたままでいた。田舎っぺだな（このことばは差別語だったかしら）と笑えないものがあった。私だって、今こそ平気な顔をしているが、はじめて飛行機に乗ったときは、オバサンたちと同じ気持だった。引き替えのタグはついているが、自分の荷物が出てくると、品位を失わない程度にすばやく手許に引っぱり、ほっとするのは、どこかで、

「かっぱらわれやしないか」

という気持が働いているに違いないからであろう。

うちの母がはじめて飛行機に乗ったのは、東京・名古屋間である。もう二十年近い昔のことだが、乗る前になって、小さな声で、

「困ったわねえ」

「いい年してきまりが悪いなあ」

と呟いている。

父がわけをたずねると、

「だって、乗るとき、はしご段の上で、手振らなきゃならないでしょ」

と言ったというのである。

「馬鹿。あれは、新聞やなんかに写真の出る偉い人だけだ。乗る人間みんなが、あそこで立ちどまって手振ってみろ。どんなことになる。何様の気してるんだお前は」

父にどなられて、シュンとしていたという。

このあと母は何度か飛行機に乗っているが、飛行機は大好きだという。理由は落ちると、飛行機会社でお葬式をして下さるからだそうだ。

スペースシャトルの滑るような着陸を見ていたら、私は完全に乗り遅れだなあと思った。私の感覚は、プロペラでゆっくりと飛ぶヒコーキである。不時着ということばの使える、プロペラと翼のある飛行機である。

コンコルドではないが、最近の飛行機はだんだん怪獣に似てきた。顔つきがこわくなった。昔の飛行機はのんきな顔をしていた。

これも二十年以上前のことだが、中央線の駅のそばのおもちゃ屋のガラス戸に、

「ヒーコキあります」

と書いてあったのをみたことがあった。

桃太郎の責任

うちの電話機は、格好が撫《な》で肩のせいか、ベルを鳴らす前に肩で息をする。女らしくて気に入っていたのだが、此の節は電話のかかる度数が急に増えたせいか、そうそう気取ってもいられぬらしく、嚙みつくように鳴ったりする。

ベルの音が荒っぽいと、受話器をとるこちらの手つきも邪険なものになる。

「向田です!」

「あたし……」

女の声である。

女として気働きがないせいであろう、私には「俺だ」といって電話をかけてくる男友達はいない。

ところが、「あたし」といって電話してくる女友達は五、六人いる。

「どちらのあたしですか」

と言いたいが、声で見当はつくわけだから、そういう意地悪は我慢して、もっと年をとってからの楽しみにとっておくことにしている。

「どしたの」

「どしたもこしたもないわよ。世の中、間違ってるわよ。さっきから腹立って腹立って」

「だからどしたのよ」

「うちじゃあ、朝、主人だけがご飯なわけよ。あたしも子供たちもみんなパンだってのに、主人だけは、俺、メシじゃないと腹に力が入ンない。会議なんかのときに、自信持って発言が出来ない、とか、いろいろ言うわけよ。

こっちだって、女の一生がかかってるわけだから、パンじゃ出世出来ない風に言われると弱いわけよね。まあ、この前のボーナスで電子レンジも買ったことだし、あ、あのねえ、ご飯一回一回炊くなんて馬鹿よ、あんた。あれはね、いっぺんにお釜いっぱい炊いて、あとは一回分ずつクレラップに包んで冷凍しとくのよ。クレラップ一枚じゃ駄目よ、二枚にしなきゃ。一枚だと、ご飯が風邪ひくっていうのかなあ、真白にカチビって、あといくらあったためても、モドんなくなっちゃうのよ」

「モシモシ、あたし、いま仕事中だから」

あとでゆっくり、と言いかけるが、どういうわけかこちらの声は聞えない片道電話になってしまうらしい。

「とにかくさ、そうやって、ずっと一人だけ朝はご飯だったわけだけど、あれ、狙いはおみおつけだったのよね」

「おみおつけ？」

「主人たらね、『おい、おみおつけは欠かすなよ、実《み》は若布がいい』。若布入れてりゃご機嫌だったのね。こっちも楽でいいから、三百六十五日若布だったんだけど、フフフ……やンなっちゃう」

電話の向うで、向うだけ一人合点で思い出し笑いをされるくらい馬鹿馬鹿しいことはない。

長くなりそうなので、足をのばして週刊誌を引き寄せ、ページをめくったりして備える。

「主人たらね、若いくせしてテッペン薄いのよね。それでさ、若布だったのよ。あ、そういえば、イギリスの、この間、結婚式した何とか殿下、あの方も、若布のクチよね」

「え？　ああ、プリンス・オブ・ウェールズ」

「なんとか寺院の上の方から撮《うつ》したとき、チラッとうつっちゃったんだけど、てっぺんの方はかなり薄いみたい。あれはお父さん似なのねえ。やっぱりさ、自分とこの主人がそうだと、どうしてもそっちへ目がいっちゃうのよね。でもさ、あの父子、王様としちゃ男前のほうじゃない？」

「若布のはなしなの？」

「そんなんじゃないのよ。うち、お米はずっと近所のお米屋でとってたわけだけど、この頃、米屋のおやじさんも年とったのね。折り目は正しいんだけど、耳遠いのかなあ、三キロ頼んだのに五キロ、十キロの袋かついでくるの。年寄りに持って帰れも言えないじゃない」

近所のスーパーで買うようになったが、つい昨日、米を買って帰り、といだところ、黒い穀象虫《こくぞうむし》が一匹、スーと浮いてきた。スーパーに電話したら、お宅の置場所が悪かったんでしょう、と取りあってくれなかったというところに落着くまで、私は女性週刊誌を一冊、斜め読みだが目を通すことが出来た。

女のはなしには省略がない。

女だけではなく、男にも「要するに」「要するに」を連発しながら、少しも要していないかたもおいでになるが、やはり、数でいえば女のほうに、それも私たち昭和ひとけたの世代にダラダラ型が多い。

私は尋常小学国語読本のせいに思えてならない。なかでも「桃太郎」の責任は重大である。

「昔々、あるところにおじいさんとおばあさんがいました。おじいさんは山へ柴刈りにおばあさんは川へ洗濯にゆきました」

おばあさんが川で洗濯をしていると、大きな桃がドンブラコドンブラコと流れてくる。私たちは、これを暗記させられたのだが、そのせいであろう、子供たちの書く綴《つづ》り方はみな桃太郎式であった。

「遠足」という題で綴り方を書かされる。

「朝、目がさめました。お母さんがお弁当をつくっていました。私は洋服を着て靴をはきました。おばあちゃんが靴のひもを結んでくれました。お父さんは寝ていました。お母さんと学校へ行ったら、早過ぎて誰も来ていませんでした。私は少し泣きました」

小学校五年か六年の頃だったと思う。

祖母に連れられてお縁日にいった。人だかりがしていたのでのぞいたら、ステテコに腹巻き、ねじり鉢巻のオニイさんが、こよりを手に口上を言っていた。

「入れました。出しました。子が出来ました。死にました」

このあたりで祖母が物凄い力で私の手を引っぱったので、これから先は見ることが出来なかった。

いまにして思えば、私の聞いたなかでこれ以上省略の利いたセリフはなかった。

私の母は七十二である。格別の親孝行は出来ないが、年寄りだからと手加減せずつき合うことだけは実行している。そのほうが年寄りくさくならなくていいと思うからだ。

電話がかかってきたとき、仕事中や来客だと、私ははっきりという。

「いま忙しいから、略して言ってくれない」

「あ、そうお。じゃあ略して言いますけどねぇ」

「略して言うとき、いちいち断らなくてもいいのよ」

「本当だねえ、それじゃ略して言うことにならないものねぇ」

「そうよ。で、どしたの」

「略して言うとね——あとで電話する」

電話はガシャンと切れてしまうのである。

お手本

野球をする猫がいる。

アメリカ文学の翻訳家であるS氏のお宅の仔猫である。

彼だか彼女だか、そのへんは聞き洩《もら》したが、このチビが、テレビで野球中継がはじまると、画面のすぐ前にとんでゆく。

ピッチャーがタマを投げる。とたんにチビ猫はパッと画面に飛びつき、前肢《まえあし》を合せるようにして、タマを獲るしぐさをするというのである。

このお宅は猫好きで、いつも十匹から二十匹の猫がいる。何十年もこの有様だから、今までに飼った猫は大変な数にのぼると思うが、野球をする猫はこれ一匹だったという。

突然変異というか、不世出《ふせいしゅつ》の天才猫だったのかも知れない。

天才猫には及びもないが、うちの猫もキャッチボールをする。

書き損いの原稿用紙を千切り丸めてうずらの卵大の紙のタマをつくり、ほうり投げると、くわえてもどってくるのである。

このくらいのことは、たいがいの飼猫はやるしぐさだから、得々として書くことはないのだが（犬だってやるぞ、という声も聞えてくる）、世の中には動物は一切飼わない、生態など知らない、というかたもおいでになるので、しばらくご辛抱《しんぼう》を願います。

タマをほうるとき、はじめのうちはこちらも面白がって遠くへほうってやるが、だんだん面倒くさくなってくる。腕だってくたびれてくる。いい加減にやめたいと思うのだが、猫は紙ボールをくわえてきて机の上に飛び上り、原稿用紙の上に置き、私の目を見つめてじっとすわっている。知らん顔で鉛筆を動かしていると、わざと原稿用紙の上に寝そべったり、ひとのあごの下に軽い頭突きをくらわせたりして、遊んでくれと催促をする。

仕方なくまたほうるのだが、こうなるとお義理なので、タマはほんの二メートルほどしか投げてやらないことになる。

ところが、この平凡なタマに、猫は実にドラマチックに躍りかかる。

まず、私がタマを投げるべく身構えると、猫は姿勢を低くして、お尻を左右に振る。テニスの選手が、相手のサーブを待つあのしぐさにそっくりである。

タマをほうると、猫はタマよりも大きくジャンプする。自分の前肢でタマを大きくはじき飛ばす。

「ウワッ。大変なタマだ。オレ、取れないかも知れないぞ」

「こりゃむつかしい！」

口が利けたら、こう言っているようにみえる。

派手にでんぐり返ったり、わざとしくじったり、空中でくわえてみせたり。やらなくてもいい超美技を演じてくれるのである。

自分でも気がつかないうちに、体がはしゃいでしまうのであろう。こういうとき、猫の目はらんらんと輝いている。惚れ惚れするほど美しいからだの線をみせてくれる。そして滑稽なほど真剣である。

こういう場面はどこかで見たことがある。誰かに似ていると思ったら、長島選手であった。


動物のしぐさをみていると、なるほどと教えられることが多い。

オス猫はメス猫より体もひと廻り大きく力も強いのだが、餌を食べるのはメスが先なのである。

仔猫がいるときはまず仔猫。次がその母親であるメス猫。オスは、

「オレ、なんか食欲ないなあ」

という感じで、少し離れたところで寝そべっている。

全員が食べ終ると、ゆっくりと起き上り、

「じゃあ、オレもつき合うか」

ゆとりを見せて近寄り、ガツガツと咽喉《のど》を鳴らし、泡くって食べてつっかえたりしながら食べるのである。

メスが食べているときに顔を突っ込み、いきなり前肢で横っ面を張られている場面を見たことがあった。


ラジオの台本を書いている時分にお世話になった印刷所で、文鳥を飼っていた。

印刷所といっても、姉妹の中年女性ふたりでやっている小ぢんまりしたものであったが、あるとき、そこの女主人が妙にしんみりしている。

文鳥が死んだという。

旅行が一日長びいて、帰ってきたらオスが落ちていた。メスは生きていたから、恐らく乏しくなった餌をメスに食べさせ、自分は飢えて死んだんでしょう。そういうところのある鳥でしたと、その人は涙ぐんで話してくれた。


うちに出入りしていた表具師で、野鳥を飼うのが道楽という人がいた。

五十がらみの口数のすくないひとだったが、出入りするようになってかなりたってから、マムシのはなしを聞いた。

野鳥をとりにいったとき、猟師から一匹のマムシを手に入れた。素人《しろうと》じゃ飼えないよ、といわれたので意地になり、持ってかえってきたというのである。逃げ出したりしたら大事《おおごと》だから、金をかけて檻をつくった。生き餌《え》しか食べないし、第一、餌つけは非常にむつかしいと聞いたので、専門家のところへ足を運んでアドバイスを受け、手をかえ品をかえて生き餌を与えたが、マムシは見向きもしなかったという。

三月《みつき》目に、マムシは冷たくなっていた。爬虫類《はちゆうるい》はもともと体が冷たいのだから、この言い方は適当ではない。つまり死んでしまったのである。

恐る恐る檻をあけたら、素麺《そうめん》くらいの子マムシが二匹、母マムシのそばで固くなっていた。

マムシは人間の与える餌を拒絶しながら、なかで出産していたのである。

「涙がこぼれたですよ」

骨太な手にしてはやわらかいしぐさで軸を巻きながら、その人は、つけ加えた。

「急に野鳥を飼うのが嫌になりましてねえ。みんな放してやりました」

私は巳《み》年である。

蛇は大嫌い。気持が悪いと言う人がいると、私はこのマムシのはなしをしてやる。

「このプライドは人間のお手本よ」

得意になっていたら、こう言い返された。

「でも、あたしなら、節《せつ》を曲げて餌を食べるな。母子心中しちゃ子供が可哀そうじゃないの」

解説

高橋行徳（日本女子大学名誉教授）

このアンソロジーには、向田邦子（一九二九―一九八一）のエッセイが厳選されている。この一冊で多様な向田ワールドを味わい尽くすことができる。あらゆるものに関心を懐《いだ》いた作者が自由奔放な連想を駆使し、とびっきり上質で、なつかしくて美味《おい》しい世界を私たちに提供してくれる。しかも本書では、ほぼ発表された順に並べられているので、向田がエッセイストとして新たな世界を切り開いていった様子をつぶさに見ることができる。

最初の三作品「テレビドラマの茶の間」、「寺内貫太郎の母」、「名附け親」は、向田邦子が「ホームドラマの女王」として活躍していた時期の作品である。多忙なシナリオ作家が、出版社の求めに応じて、ドラマの楽屋裏を少しばかり明かした内容になっている。『寺内貫太郎一家』ファンにとっては、願ってもない耳寄りな話が聞ける。

売れっ子脚本家だった向田邦子を突然病魔が襲った。昭和五十年十月、向田は東京女子医大病院で乳がんの手術を受け、その後も手術時の輸血が原因で血清肝炎にかかり、右手が利かなくなってしまった。この苦境の最中《さなか》に、「銀座百点」からエッセイを隔月執筆してほしいという依頼が舞い込む。テレビの仕事はすべてキャンセルにしていたが、この仕事だけは左手でも書いてみたかった。

再発におびえ、向田邦子は自分の寿命がそれほど長くないように思えた。また病に臥《ふ》すと、テレビ作家の虚しさをつくづく感じた。いくら心血を注いでも、台本は当時、放映のあとゴミ箱へ捨てられていたのである。その点、エッセイは視聴者の動向など気にせず、自分の気持ちを素直に述べることが可能で、しかも活字として後世へ遺すことができた。仕事を引き受けた心境を、向田は「のんきな遺言状」をしたためると表現している。「銀座百点」に掲載されたエッセイは好評で、後に『父の詫び状』のタイトルで刊行された。内容は作者の自伝に近く、そこには家族への情愛や戦前の昭和への郷愁が色濃く表れている。特に父親は、暴君のように振る舞いながらも、その心底には家族を愛《いと》おしむ気持ちを隠し持ち、魅力的な人物に描かれている。このエッセイへの高い評価で自信を得、向田はシナリオにおいても、シリアスドラマという新しい領域へ踏み出すことになる。

最初のエッセイ集『父の詫び状』により、向田邦子はエッセイ作家としての地位を早くも不動のものにした。本書にはそのなかの代表作「魚の目は泪」、「ごはん」、「子供たちの夜」、「父の詫び状」、「隣りの神様」が収録されている。しかしその筆力は一朝一夕に生み出されたわけではない。シナリオを創作するなかで十分に培われていたのである。むしろシナリオ作家であったからこそ、ユニークなエッセイストが誕生したともいえる。

向田邦子のエッセイにはおおむね心理描写がない。人物の行動が淡々と記述されているだけである。またごてごてした形容も一切ない。このように簡潔な文章でありながら、向田の作品は読むそばから情景がありありと浮かび上がってくる。これは彼女が脚本家であったことと大いに関係がある。シナリオには場所を指定する「柱」、簡単な「ト書」、それに「台詞」しかない。人物の心理や細かな状況描写は、すべて演出家に委ねられている。だがエッセイでは、この「ト書」にあたる部分を大幅に増やせる。シナリオ特有の簡にして要を得た文章で、人物の表情や身振りを的確に表現することができ、しかも行間において、読者が様々なイメージをめぐらすことを可能にした。

向田邦子独特の脚本作りも、エッセイに大きな影響を与えている。シナリオ作家は執筆の際、通常「ハコ書き」を用いる。最初に各シークエンスの要点をまとめ、ドラマ全体の構成をあらかじめ決めるやり方である。しかし彼女は「ハコ書き」を好まなかった。構成にこだわると、ドラマの流れが滞ってしまうだけでなく、頭の中でひねり出された筋は徐々にやせ細り、筋を推し進める力を失ってしまうからである。

向田流のシナリオ作りは、ストーリーを転がしながら、ドラマを太らせていく方法である。作者は先のことなど考えず、今書いている場面に全精力を注ぐ。そして浮かび出た出来事を掬《すく》い取り、次の場面へとつないでいった。先の成果を得るために事件を起こすのではなく、事件が生じてからその対処を考える。このようにして新しい物語を紡いでいったのである。

エッセイにおいても、この「転がし」の手法が用いられる。何か無性になつかしい出来事を思い出すと、向田は急いで原稿用紙に書きつける。そして書き終える頃になると、その話のなかの一節や言葉に刺激されて、時間や場所も全く異なる別の思い出が不意に飛び出し、彼女の持つ筆を突き動かすのである。

奔放な連想の楽しさを、向田邦子は「ねずみ花火」(『父の詫び状』所収)において、「思い出というのはねずみ花火のようなもので、いったん火をつけると、不意に足許で小さく火を吹き上げ、思いもかけないところへ飛んでいって爆《は》ぜ、人をびっくりさせる」と書き記している。この手法で書かれたエッセイには、少し長めのものが多く、例えば「ごはん」、「女を斬るな狐を斬れ」、「父の詫び状」、「隣りの神様」、「夜中の薔薇」などがある。

一方で、思い出が主題に則して並べられた、味わい深いエッセイも数多くある。「お弁当」は心にしみる壺漬の挿話を取り込んで、弁当にまつわる話が語られる。「反芻旅行」などは、「反芻」という言葉から作品を思いついたのであろう。楽しい事柄はそれを思い返したとき、実際に体験した以上の喜びがよみがえってくると説く。そして結びに、草を反芻する牛の一文で話を終えている。「傷だらけの茄子」は、台風が来る前から通り過ぎるまでの向田家の様子が生き生きと描かれている。タイトルもまた秀逸である。「桃太郎の責任」では女性の長電話が延々と綴《つづ》られる。それは「桃太郎」に要因があると断定し、責任を昔話の主人公に負わせるところが愉快である。

「ヒコーキ」は、何度読んでも悲しくなる。全体を通して、飛行機と荷物受け取りの話が面白可笑《おもしろおか》しく語られている。ただその一節に、向田は飛行機に「まだ気を許してはいないい」と告白し、旅行に出る際、「縁起をかついで」部屋や抽斗《ひきだし》の中も散らかったままにしておくと書いている。しかし台湾の取材旅行のとき、彼女は珍しく部屋を片づけて出かけた。

ところで、向田邦子にとって大きな問題が持ち上がる。『父の詫び状』に対し、刊行ほどなくして向田家から苦情が出た。家族の秘すべき事柄を彼女が明かしてしまったからである。向田は「あだ桜」(『父の詫び状』所収)で、「祖母は、今の言葉でいえば、未婚の母であった。父親の違う二人の男の子を生み、その長男が私の父である」と記述した。彼女とすれば、父親敏雄の性格や行動を読者に納得させるためには、彼の出生にかかわる事実に触れないわけにはいかなかったのである。

家族の言い分はもっともであった。だが作者にとって、父親を中心とした向田家の出来事は大きな鉱脈なのである。それを題材に幾つものエッセイがまだ書けそうな気がした。そこで向田は父親ではなく、自分を主人公に据えて、子供の頃の思い出を描くことにする。これでいくらか家族に気兼ねせず書けるようになった。この種の作品としては、前述の

「お弁当」や「傷だらけの茄子」、それに「ポロリ」や「職員室」を挙げることができる。特に後の二作品は、自分を茶化し、失敗談を軽妙に語っている。

本書のエッセイのなかで、読者はあまり馴染みのない言葉を目にする。例えば「ひとかたけ（一片食）」（「お弁当」、「食らわんか」）、「耳ざとく」（「傷だらけの茄子」）、「時分どき」（「隣りの神様」、「ポロリ」、「お弁当」）、さらに探せば「火取《ひど》って」、「冥利《みょうり》の（が）悪い」、「持ち重り」などがある。これらの語は残念ながら、今では死語となってしまった。向田が戦後のぞんざいな言葉づかいに反撥《はんぱつ》し、昔聞いた美しい言葉を残そうと、意識的に採り入れたものである。彼女の歯切れのよい文章に挿入されると、半ば廃語となった言葉が、あたかも宝石のようにキラリと輝きを放つ。

家族の思い出以外の素材も、向田邦子は新たに見つけた。そのレパートリーには、当然のことながら、旅行や食べ物にまつわる話も入る。特に嬉しいのは、向田が「食らわんか」のなかで、自分の得意料理を伝授していることである。また一歩踏み込んだ試みとして、彼女はエッセイに性の問題を持ち込もうとした節がある。女学生だった作者が、スカートの奥に隠した性への複雑な思いや体の変化を、「襞」のなかでさりげなく告白している。さらに「夜中の薔薇」では、「子供が見てはならぬ妖しいもの」へ読者をいざなう。

そして向田邦子が最も好きだった題材は、小さきものや弱きものが見せる愛すべき姿である。「草津の犬」ではスジ肉を必死にねだる犬が描かれ、向田の飼う「マハシャイ・マミオ殿」は「まことに男の中の男であります」と称賛される。「キャベツ猫」や「お手本」においては、様々な特技を持つ犬猫が登場し、後者では文鳥、マムシまで紹介される。

作家の優しい眼差しは、動物だけでなく人間にも向けられる。「ゆでたまご」では、遠足の日、体の不自由な娘の母親が「これみんなで」と大量のゆで卵を持ってくる。またその女の子が運動会のとき、徒競走でビリを走っていると、生徒に評判の悪かった先生が彼女と一緒にゴールまで走ってくれた。「お弁当」の女の子は、貧しいおかずを恥じていたが、邦子が壺漬を美味しいと言ったので家に連れてくる。帰宅した母親が瓶《かめ》を勝手に開けたことを叱責すると、泣きながら訳を話す。娘の心情を察した母親は、邦子に丼いっぱいの壺漬をふるまった。

この二作品において、向田邦子は市井《しせい》の人々が垣間見せる厚情に焦点を当てている。大きな善意が施されるわけではないが、彼らの労《いたわ》りあう姿が読者に温かいものをいつまでも残す。両作品は素晴らしいエッセイであると同時に、少し手を加えれば第一級の短編小説になったであろう。筋の展開や人物造型がしっかりなされているため、乾いた文章にもかかわらず、人物の心情がきちんと伝わってくる。もっとも「お弁当」は、向田が直木賞を受賞した年の作品であり、エッセイと小説がすでに近似したものになっていた。

向田邦子は早すぎる晩年、シナリオ、エッセイ、小説の三足草鞋《わらじ》（？）をはくことになる。しかし向田はどの領域においても手抜きをしなかった。エッセイは忙しい彼女が一息ついたとき、ほどよい枚数で自由に書くことのできるとても好きな分野であった。頭に浮かんだ情景をスケッチ風にすばやく切り取る。そして彼女の感性が見慣れた風景に別の色合いを与える。向田が長年培ってきた文章技法は、このジャンルでも存分に発揮することができたのである。

末筆になるが、向田文学の特質をなす四つの要素を彼女の来歴から紹介し「解説」を終えたい。

一．長女の頑張り　向田邦子は家族や他人の難儀を見過ごせず、無理を承知で多くの事柄を背負い込む。これは文筆活動においてもいえることで、彼女は執筆依頼をなかなか断われず、常に超人的な量の仕事をこなさなければならなかった。

二．転居の利点　父親の職業の関係で、向田邦子は小学生の頃から何度も転校した。そのつど新しい学校や土地の言葉、習慣に馴染まなければならなかった。このような体験は幼い子供に大きな負担を強いた。しかし作家向田にとって、これは素晴らしい財産となる。小さな余所者《よそもの》は周囲を冷静に観察する能力を養うことができた。また四辺とのぶつかり合いのなかから、新たな視点を獲得することも可能となった。向田作品の斬新な発想は、この子供時代の異邦人的体験が重要な要因になっているように思われる。

三．雑誌「映画ストーリー」の効用　向田邦子は映画誌の編集者として映画を浴びるほど観た。しかもこの雑誌は映画批評ではなく、公開前の作品紹介と、そのあらすじを詳しく述べることを編集方針にしていた。向田は試写や編集作業で、必然的に様々な映画の筋を知ることになる。これが後年、彼女のバラエティーに富んだ物語を生み出す有力な源泉となった。

四．森繁久彌の知遇　向田邦子は森繁久彌から大きなチャンスと多くの知識を得た。森繁は名伯楽《めいはくらく》である。彼女の文才をいち早く見抜き、執筆の機会を与えた。そして向田の能力を確信すると、自分が担当するラジオ番組「森繁の重役読本」のシナリオを彼女一人に任せてしまう。さらにテレビ界へ進出したときには、向田をさっそく脚本スタッフの一員に加える。このように森繁の強力な後押しで、彼女は大きな可能性を秘めた新しいメディア世界へ飛び立つことができたのである。

――略年譜　向田邦子――

一九二九年（昭和四年）
十一月二十八日、向田敏雄、せいの長女として東京府荏原郡世田ヶ谷町若林八十六番地に生まれる。父は第一徴兵保険株式会社（現・ジブラルタ生命保険株式会社）勤務。

一九三〇年（昭和五年）　一歳
四月、栃木県宇都宮市へ転居。以降も、父の転勤にともない、たびたび転居する。

一九三一年（昭和六年）　二歳
十月、弟・保雄生まれる。

一九三五年（昭和十年）　六歳
二月、妹・迪子生まれる。

一九三六年（昭和十一年）　七歳
四月、宇都宮市立西原尋常小学校入学。七月、東京市目黒区へ転居。九月、目黒区立油面尋常小学校に編入。

一九三七年（昭和十二年）　八歳
肺門淋巴腺炎を患い、一年間ほど療養する。

一九三八年（昭和十三年）　九歳
七月、妹・和子生まれる。

一九三九年（昭和十四年）　十歳
一月、鹿児島県鹿児島市へ転居。三年の三学期より鹿児島市立山下尋常小学校に編入。

一九四一年（昭和十六年）　十二歳
四月、香川県高松市へ転居。高松市立四番丁国民学校に編入。十二月、太平洋戦争はじまる。

一九四二年（昭和十七年）　十三歳
三月、四番丁国民学校卒業。四月、香川県立高松高等女学校に入学。家族は東京市目黒区に転居するが邦子は高松で下宿生活をする。が、九月に上京し家族と合流、二学期に東京市立目黒高等女学校（現・都立目黒高等学校）に編入。

一九四五年（昭和二十年）　十六歳
三月十日、東京大空襲。八月十五日、終戦。

一九四七年（昭和二十二年）　十八歳
三月、高等女学校卒業。四月、実践女子専門学校（現・実践女子大学）国語科に入学。六月、家族は宮城県仙台市に転居するが、邦子と保雄は東京の母方の祖父方に寄宿。
一九五〇年（昭和二十五年）　二十一歳
三月、実践女子専門学校卒業。四月、教育映画の制作会社・財政文化社に入社、社長秘書となる。夜は東京セクレタリ・カレッヂ英語科夜間部に通う。
一九五二年（昭和二十七年）　二十三歳
六月、雄鶏社入社。「映画ストーリー」編集部に配属。
一九五八年（昭和三十三年）　二十九歳
新人シナリオライターの集団「Zプロ」に参加し、初のテレビ台本「ダイヤル110番」を共同執筆。
一九五九年（昭和三十四年）　三十歳
森繁久彌の知遇を得る。
一九六〇年（昭和三十五年）　三十一歳
五月、女性フリーライター集団「ガリーナクラブ」に参加する。「週刊平凡」（平凡出版。現・マガジンハウス）などに執筆。十二月、雄鶏社を退社。
一九六二年（昭和三十七年）　三十三歳
三月、台本を担当したラジオドラマ「森繁の重役読本」（TBSラジオ）の放送が始まる。
一九六四年（昭和三十九年）　三十五歳
十月、東京都港区のアパートで一人暮らしを始める。
一九六八年（昭和四十三年）　三十九歳
八月、タイ、カンボジアへ初の海外旅行をする。
一九六九年（昭和四十四年）　四十歳
二月、父が急性心不全で死去。この年、コラット種の猫・マミオを飼い始める。十二月、「森繁の重役読本」（文化放送に変更）最終回放送。
一九七〇年（昭和四十五年）　四十一歳
十二月、南青山のマンションに転居。

一九七一年（昭和四十六年）　四十二歳
十二月末、約一カ月の世界一周旅行に出発する。
一九七二年（昭和四十七年）　四十三歳
十一月、ケニヤを旅行。
一九七四年（昭和四十九年）　四十五歳
向田邦子作、久世光彦演出のテレビドラマ「寺内貫太郎一家」（ＴＢＳ）が放映開始。高視聴率を獲得する。
一九七五年（昭和五十年）　四十六歳
十月に乳癌手術をし、三週間入院する。
一九七六年（昭和五十一年）　四十七歳
「銀座百点」（銀座百点会）二月号よりエッセイを連載開始。七八年十一月、『父の詫び状』（文藝春秋）として刊行。
一九七八年（昭和五十三年）　四十九歳
五月、赤坂に和食「ままや」開店。店長は妹・和子。
一九七九年（昭和五十四年）　五十歳
一月、テレビドラマ「阿修羅のごとく」（ＮＨＫ）放映。
十月、『眠る盃』（講談社）刊行。
一九八〇年（昭和五十五年）　五十一歳
「小説新潮」二月号より「思い出トランプ」連載開始。三月、テレビドラマ「あ・うん」（ＮＨＫ）放映。五月、「阿修羅のごとく」「源氏物語」などの創作活動に対して第十七回ギャラクシー賞選奨受賞。七月、「花の名前」「かわうそ」「犬小屋」で第八十三回直木賞を受賞。八月、『無名仮名人名簿』（文藝春秋）刊行。
一九八一年（昭和五十六年）　五十一歳
五月、ベルギー旅行。六月、ブラジル・アマゾン旅行。八月、四国霊場巡り。八月二十二日、台湾取材旅行中に飛行機事故で死去。九月、『霊長類ヒト科動物図鑑』（文藝春秋）、十月、『夜中の薔薇』（講談社）刊行。
一九八二年（昭和五十七年）
八月、『女の人差し指』（文藝春秋）刊行。十月、テレビ脚本の優れた成果に贈られる「向田邦子賞」制定。

＊『向田邦子全集〈新版〉』第十一巻（文藝春秋）所収の年譜などを参考に作成しました。

本書の底本として文藝春秋『向田邦子全集〈新版〉』第五巻（二〇〇九年八月刊）、第六巻（二〇〇九年九月刊）、第七巻（二〇〇九年十月刊）、第八巻（二〇〇九年十一月刊）、第九巻（二〇〇九年十二月刊）、第十巻（二〇一〇年一月刊）、第十一巻（二〇一〇年二月刊）を使用しました。また、本書には今日の社会的規範に照らせば差別的表現ととられかねない箇所がありますが、作品の書かれた時代また著者が故人であることに鑑み、原文のままとしました。

初出一覧

テレビドラマの茶の間　「家づくり」一九七四年十月号／文藝春秋『女の人差し指』一九八二年八月刊
寺内貫太郎の母　「暮しの設計」一九七四年十月号／講談社『夜中の薔薇』一九八一年十月刊
名附け親　「銀座百点」一九七五年十月号／『女の人差し指』
字のない葉書　「家庭画報」一九七六年七月号／講談社『眠る盃』一九七九年十月刊
魚の目は泪（原題「魚の目に涙」）「銀座百点」一九七七年二月号／文藝春秋『父の詫び状』一九七八年十一月刊
ごはん（原題「心に残るあのご飯」）「銀座百点」一九七七年四月号／『父の詫び状』
子供たちの夜　「銀座百点」一九七七年九月号／『父の詫び状』
勝負服　「ぷりんと」一九七七年一月号／『眠る盃』
女を斬るな狐を斬れ　男のやさしさ考　「ＰＨＰ増刊号」一九七七年十月号／『夜中の薔薇』
ゆでたまご　「あけぼの」一九七七年十月号／新潮社『男どき女どき』一九八二年八月刊
父の詫び状（原題「冬の玄関」）「銀座百点」一九七七年十一月号／『父の詫び状』
隣りの神様　「銀座百点」一九七八年二月号／『父の詫び状』
草津の犬　「いんなあとりっぷ」一九七八年五月号／『男どき女どき』
マハシャイ・マミオ殿　「週刊読売」一九七九年二月十一日号／『眠る盃』
中野のライオン　「別冊小説新潮」一九七九年春季号／『眠る盃』

新宿のライオン　「別冊小説新潮」一九七九年夏季号／『眠る盃』
胸毛　「週刊文春」一九七九年五月二十四日号／文藝春秋『無名仮名人名簿』一九八〇年八月刊
青い目脂　「週刊文春」一九七九年五月三十一日号／『無名仮名人名簿』
キャベツ猫　「週刊文春」一九七九年七月十九日号／『無名仮名人名簿』
箸置　「新潟日報」一九七九年九月十五日／『夜中の薔薇』
ポロリ　「週刊文春」一九七九年九月六日号／『無名仮名人名簿』
パセリ　「週刊文春」一九七九年十一月二十二日号／『無名仮名人名簿』
鼕　「太陽」一九八〇年二月号／『夜中の薔薇』
お弁当　「週刊文春」一九八〇年五月一日号／『無名仮名人名簿』
職員室　「週刊文春」一九八〇年五月二十九日号／文藝春秋『霊長類ヒト科動物図鑑』一九八一年九月刊
「食らわんか」　「小説宝石」一九八〇年六月号／『夜中の薔薇』
夜中の薔薇　「別冊文藝春秋」一九八〇年夏季号／『夜中の薔薇』
反芻旅行　「ていくおふ」一九八〇年十二号／『男どき女どき』
傷だらけの茄子　「週刊文春」一九八〇年十月二日号／『霊長類ヒト科動物図鑑』
きず　「朝日新聞」一九八〇年十一月八日夕刊／『向田邦子全集〈新版〉』第十一巻　二〇一〇年二月刊
泣き虫　「週刊文春」一九八〇年十一月十三日号／『霊長類ヒト科動物図鑑』
ミンク　「週刊文春」一九八一年一月一日・八日合併号／『霊長類ヒト科動物図鑑』
ヒコーキ　「週刊文春」一九八一年五月七日号／『霊長類ヒト科動物図鑑』
桃太郎の責任　「週刊文春」一九八一年八月十三日号／『女の人差し指』
お手本　「週刊文春」一九八〇年十一月二十日号／『霊長類ヒト科動物図鑑』

単行本『精選女性随筆集　第十一巻　向田邦子』
二〇一二年十二月　文藝春秋刊（文庫化にあたり改題）

装画・本文カット　神坂雪佳『蝶千種・海路』（芸艸堂）より
本文デザイン　大久保明子
DTP制作　ローヤル企画

文春文庫

精選女性随筆集《せいせんじょせいずいひつしゅう》　向田邦子《むこうだくにこ》

定価はカバーに表示してあります

2023年11月10日　第1刷

著　者　向田《むこうだ》邦子《くにこ》
編　者　小池真理子《こいけまりこ》
発行者　大沼貴之
発行所　株式会社 文藝春秋

東京都千代田区紀尾井町 3-23　〒102-8008
TEL 03・3265・1211(代)
文藝春秋ホームページ　http://www.bunshun.co.jp

落丁、乱丁本は、お手数ですが小社製作部宛お送り下さい。送料小社負担でお取替致します。

印刷製本・TOPPAN

Printed in Japan
ISBN978-4-16-792133-0